# 아서 새빌 경의 범죄

Lord Arthur Savile`s Crime

호르헤 루이스 보르헤스
Jorge Luis Borges 1899~1986

# 바벨의 도서관

성서는 인류의 모든 혼돈의 기원을 바벨이라 명명한다. '바벨의 도서관'은 '혼돈으로서의 세계'에 대한 은유이지만 또한 보르헤스에게 바벨의 도서관은 우주, 영원, 무한, 인류의 수수께끼를 풀 수 있는 암호를 상징한다. 보르헤스는 '모든 책들의 암호임과 동시에 그것들에 대한 완전한 해석인' 단 한 권의 '총체적인' 책에 다가가고자 했고 설레는 마음으로 그런 책과의 조우를 기다렸다.

'바벨의 도서관' 시리즈는 보르헤스가 그런 총체적인 책을 찾아 헤맨 흔적을 담은 여정이다. 장님 호메로스가 기억에만 의지해 《일리아드》를 후세에 남겼듯이 인생의 말년에 암흑의 미궁 속에 팽개쳐진 보르헤스 또한 놀라운 기억력으로 그의 환상의 도서관을 만들고 거기에 서문을 덧붙였다. 여기 보르헤스가 엄선한 스물아홉 권의 작품집은 혼돈(바벨)이 극에 달한 세상에서 인생과 우주의 의미를 찾아 떠나려는 모든 항해자들의 든든한 등대이자 믿을 만한 나침반이 될 것이다.

그의 내적인 행복, 무엇에도
꺾이지 않았던 그의 행복이
우리의 기억 속에서 그가 슬픈
댄디로 기억되는 것을 막을 것이다.

호르헤 루이스 보르헤스

† 보르헤스 세계문학 컬렉션 †

# 아서 새빌 경의 범죄

오스카 와일드

고정아 옮김

바다출판사

Oscar Wilde

1854~1900

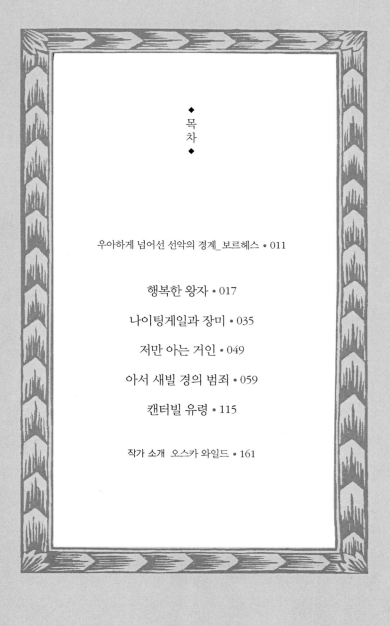

◆
목
차
◆

# 우아하게 넘어선 선악의 경계

호르헤 루이스 보르헤스

유명한 안과의사의 아들인 오스카 핑걸 오플래허티 윌스 와일드Oscar Fingal O' Flahertie Wills Wild는 1854년 10월 16일 더블린에서 태어나, 1900년 11월 추운 겨울날 정오에 파리 알자스 호텔의 허름한 방에서 사망했다. 오스카 와일드는 어느 날 형제에게 이렇게 말했다. "지금 나는 오스카 핑걸 오플래허티 윌스 와일드지만, 조종사가 상승하기 위해 바닥짐을 던지듯 언젠가는 오스카 와일드에 이르게 될 거야. 미래의 세대는 나를 와일드 혹은 오스카로 부를 거야." 그는 트리니티 대학과 옥스퍼드에서 공부했다. 훌륭한 그리스어를 구사했던 그는 1877년 그리스에 간 적도 있다. 심오해지려는 다른 작가들과는 달리 와일드는 하이네처럼 경박해 보이려고 애썼다. 그런 겉모습은 지금도 그의 명성에 편견을 안겨 준다. 그는 영국에서 상징주의나 당대의 다른 장식적인 유파들에 해당하는 데카당스 운동을 이끌었다. 하지만 그의 동시대인들과는 달리 그는 다소 장난스럽게 그 운동에 참가했다.

1891년《도리언 그레이의 초상》을 발간했다. 이 작품은 스티븐슨의 가장 유명한 작품인《지킬 박사와 하이드 씨》에서 영향을 받은 듯하지만 악의 실체는 상당히 다르다. 그 이전에 오스카 와일드는 미국에 간 적이 있었다. 세관에서 혹시 신고할 물건이 있냐고 묻자 그는 "아무것도 없소, 내 재능 빼고는"이라고 대답했다. 그는 강연을 하면서 미국을 순회했다. 뉴욕에서 자신의 미학복음을 주장했다. 텍사스에 강연하러 갔다가 술집에서 다음과 같은 경고문을 발견하기도 했다. '피아니스트를 쏘지 마시오. 그는 최선을 다하고 있습니다.' 그는 모르몬교도들의 중심지인 솔트레이크시티에서도 강연을 했는데, 그 홀은 열네 명의 가족을 수용할 수 있을 정도의 크기였다고 한다. 그는 그때의 이야기를 하며 모르몬교도 남자의 왼쪽에 열 명의 아내가 자리하고 오른쪽에 자식들이 자리했던 모습을 작은 도식으로 그려 보여 주기도 했다.

런던으로 돌아온 오스카 와일드는 아메리카 발견은 유감스러운 실수였다고, 콜럼버스는 그 대륙의 발견을 미루었어야 했다고 주장했다. 나이아가라 폭포에 대해서는 이렇게 말했다. "갓 결혼한 미국 신부들은 모두 그곳으로 간다. 그 놀라운 광경을 보면서 그들의 결혼 생활에 대한 환상이 깨졌다. 그것은 적잖이 잔인한 깨달음이었다." 그는 미국에 대한 10만 단어의 소설을 써달라며 상당한 금액을 제의받자 10만 단어를 모른다며 거부했다.

1895년 오스카 와일드는 퀸즈베리 후작을 명예훼손죄로 고소했다. 그때부터 그는 사람들 입에 오르내렸고, 2년간의 강제 노동형에 처해졌다. 감옥에서 나왔을 때 그는 유형지에서 돌아온 왕 같은 기분이었지만, 서점에 들어가다가 뒤에서 "저 사람이 오스카 와일드야"라고 쑥덕이는 소리를 듣고는, 바로 그날 프랑스로 가는 배를 탔다. 이후 다시는 런던의 불빛을 보지 못했다. 시인 어니스트 다우슨은 오스카의 명성을 되찾아 주기 위해 그를 칼레의 매음굴로 데려갔다. 와일드는 거기서 자신의 임무를 수행했지만 "다시는 안 해. 그건 마치 차가운 양고기 같았어"라고 말했다.

1900년 그는 사람들의 기억에서 사라진 채 파리의 호텔에서 가난하게 죽었다. 5백 년 된 생제르맹 데 프레 성당에서 장례식이 거행되었다. 호텔 주인은 왕관 모양의 조화를 들고 장례 운구차를 따라가면서 "나의 하숙인!"이라 외치며 애도했다.

오스카 와일드에게 재판과 구금은 자살이나 마찬가지였다. 그 시절 그는 앙드레 지드에게 '나는 정원의 어두운 면을 알고 싶네' 라고 편지에 썼다. 그러나 오스카 와일드는 자신감 넘치고 세련되고 튼튼한 남자였다. 옥스퍼드에서 공부하던 시절, 그가 수집하는 동양 도자기들을 박살내려고 쳐들어 온 세 명의 학생들을 주먹으로 물리친 적도 있다.

〈아서 새빌 경의 범죄〉는, 알폰소 레이즈가 스페인어로 훌륭하게 번역해 낸 그의 희곡 《진지함의 중요성》처럼, 선과 악의 경계를 아주 우아하게 넘어선다. 살인범의 이야기지만 《천일야화》의 환상적인 세계 못지않게 비현실적인 세계에서 펼쳐진다. 스티븐슨이나 체스터턴의 런던과 비슷한 몽상적인 런던에서 전개되는 오스카 와일드의 단편 모두는, 운명에 대한 이슬람적 개념에서 나왔다. 그는 이 작품에서 어리석은 인물들을 소개한다. 하지만 이 어리석은 인물들은 작가가 스스로를 패러디해서 탄생시킨 인물들이기도 하다. 〈캔터빌 유령〉의 테마는 고딕소설에 속하지만 다행히 독자에게 전해지는 방식은 고딕소설과 다르다. 이 재미있는 단편에서 미국인들은 유령을 진지하게 받아들이지 않는다. 반면 독자들과 와일드는 미국인들을 진지하게 받아들이지 않는다. 〈행복한 왕자〉, 〈나이팅게일과 장미〉, 〈저만 아는 거인〉은 그림 형제 식의 순수한 동화가 아니라, 안데르센 식의 감상적인 동화다. 또한 오스카 와일드 특유의 우울한 아이러니가 담겨 있는 이야기들이다.

와일드가 죽은 지 80년이 넘었다. 우리와 먼 그의 시대는 이미 박물관에 보존할 만한 것이 됐다. 슬픈 운명과 모험적인 정신을 가진 이 위대한 아일랜드인은 우리와 동시대인이며, 미래의 많은 세대들의 동시대인이 될 것이다. 그의 내적인 행복, 무엇에도 꺾이지 않았던 그의 행복이 우리의 기억 속에서 그가 슬픈 댄디로 기억되는 것을 막을 것이다. 덴마크 왕자님처럼 말이다.

# 행복한 왕자

   도시 위로 높이 솟은 기둥 위에 행복한 왕자의 동상이 서 있었다. 왕자는 온 몸이 얇은 금박 조각으로 덮이고, 두 눈은 선명한 사파이어였으며, 칼 손잡이에서는 붉은색의 커다란 루비가 반짝였다.

   왕자는 실로 많은 찬탄을 받았다. "왕자의 동상은 풍향계 수탉만큼 아름답소." 예술적 안목에 대한 평판을 얻고자 하는 시의원 한 명이 말했다. 그런 뒤 "그만큼 유용하지가 않을 뿐이지" 하고 덧붙였다. 자신의 실제 면모와 달리 실용에 어둡다는 평을 들을까 겁이 났기 때문이다.

   "제발 행복한 왕자를 닮아 보려무나." 현명한 어머니가 가질 수 없는 것에 애태워 우는 어린 아들에게 말했다. "행복한 왕자는 어떤 것에도 애태워 울지 않아."

"이 세상에 누구 하나라도 행복한 사람이 있다는 건 기쁜 일이야." 세상사에 실망한 남자가 멋진 동상을 바라보며 중얼거렸다.

"왕자는 꼭 천사 같아요." 자선 학교 아이들이 선홍색 망토와 순백색 원피스 차림으로 성당을 나오면서 말했다.

"그걸 어떻게 아니?" 수학 교사가 말했다. "천사를 본 적도 없잖아."

"아! 꿈에서 봤어요." 아이들이 대답했고, 수학 교사는 얼굴을 찌푸리고 엄한 표정을 지었다. 아이들이 꿈꾸는 걸 좋아하지 않았기 때문이다.

어느 날 밤 도시 위로 작은 제비 한 마리가 날고 있었다. 친구들은 이미 6주 전에 이집트로 떠났지만, 그는 아름다운 갈대를 사랑해서 남아 있었다. 제비는 이른 봄 강변에서 큼직한 노란 나방을 쫓다가 갈대를 만났고, 그 날렵한 허리에 반해서 자리에 멈추고 말을 걸었다.

"너를 사랑해도 될까?" 제비는 곧장 진심을 전하고 싶어서 말했고, 갈대는 허리를 깊이 숙여 거절했다. 제비는 갈대 주변을 날면서 날개로 물을 쳐 은빛 물결을 일으켰다. 제비의 이런 구애는 여름 내내 계속되었다.

"바보 같은 사랑이야." 다른 제비들이 지지배배거렸다. "갈대는 돈도 없고 가족도 너무 많잖아." 정말로 강변은 갈대의 가족으로 가득했다. 그리고 가을이 오자 제비들은 모두 남쪽으로 떠났다.

친구들이 떠나자 제비는 외로워졌고 사랑에도 지쳤다. "도무지 입을 열어야 말이지." 제비가 말했다. "아무래도 바람둥이 같아. 늘 바람이랑 장난을 치잖아." 갈대는 정말로 바람이 불 때마다 더없이 우아하게 절을 하곤 했다. "그리고 너무 붙박이야." 제비는 말을 이었다. "나는 여행을 좋아하니 내 아내도 당연히 여행하는 걸 좋아해야 돼."

"나랑 같이 갈래?" 제비가 마침내 갈대에게 말했다. 하지만 갈대는 고개를 저었다. 갈대는 집에 대한 애착을 떨칠 수 없었다.

"너는 나를 희롱했어." 제비가 소리쳤다. "나는 피라미드로 떠날 테야. 이제 안녕!" 그리고 제비는 날아갔다.

제비는 하루 종일 날았고 밤에 그 도시에 도착했다. "어디서 밤을 보낼까?" 제비가 말했다. "이 도시에 잘 데가 있으면 좋으련만."

그때 높은 기둥 꼭대기에 선 동상이 보였다. "저기서 자야겠다." 제비가 소리쳤다. "맑은 공기가 가득한 좋은 자리야." 그러고는 행복한 왕자의 두 발 사이에 내려앉았다.

"황금빛 침실이로군." 제비가 주변을 둘러보면서 나직하게 중얼거린 뒤 잘 준비를 했다. 그런데 머리를 날개 밑에 집어넣은 순간 커다란 물방울이 툭 떨어졌다. "이상한 일이네!" 제비가 말했다. "하늘에 구름 한 점 없고, 별들은 밝게 빛나는데 비가 오다니. 북유럽의 날씨는 정말 고약하다니까. 갈대는 비를 좋아했지만, 워낙 자기만 아는 여자였으니까."

그때 또 한 방울이 떨어졌다.

"비를 못 막아 준다면 동상이 무슨 소용이야?" 제비가 말했다. "굴뚝을 찾아봐야겠다." 그러고는 그곳을 떠나기로 마음먹었다.

하지만 제비가 날개를 펼치기도 전에 세 번째 물방울이 떨어졌고, 고개를 든 제비는…… 아! 그는 무엇을 보았을까?

행복한 왕자의 두 눈에 눈물이 가득 고여서 황금빛 뺨을 타고 흘러내리고 있었다. 달빛에 비친 왕자의 얼굴은 너무 아름다워서 작은 제비의 가슴은 연민으로 가득 찼다.

"당신은 누구죠?" 제비가 물었다.

"나는 행복한 왕자야."

"그런데 왜 울고 있나요?" 제비가 말했다. "내 몸이 다 젖었잖아요."

"내가 아직 살아서 인간의 심장을 가졌을 때," 동상이 대답했다. "나는 눈물이 무언지 몰랐어. 슬픔이 출입할 수 없는 상수시* 궁전에 살았으니까. 낮이면 정원에서 친구들과 놀고, 저녁이면 궁전 연회장에서 무도회를 이끌었어. 정원 주변에는 높은 담장이 둘려 있었고, 나는 그 너머에 무엇이 있는지 물어볼 생각도 하지 않았어. 주변 모든 것이 너무 아름다웠으니까. 궁전 조신들은 나를 행복한 왕자라고 불렀고, 즐거움이 행복이라면 나는 정말로 행복했어. 나는 그렇게 살다가 그렇게 죽었어. 그런데 내가 죽자 사람들은 나를 이렇게 높은 곳에 세워 놓아서 나는 이 도시의 모든 추악함과 불행을 다 볼 수 있게 되었어. 내 심장이 비록 납으로 만들어져 있지만 눈물을 흘리지 않을 수가 없어."

'그러면 전체가 순금인 건 아니네?' 제비가 속으로 말했다. 예의를 알았기에 그런 무례한 말을 소리 내서 하지는 않았다.

"저기 멀리," 동상이 나직하고 음률적인 목소리로 말을 이었다. "저기 멀리 좁은 골목에 가난한 집이 있어. 열린 창문으로 어떤 여자가 작업대에 앉아 있는 게 보여. 얼굴은 여위고 지쳤고, 두 손은 거칠고 바늘 자국으로 빨개. 삯바느질을 하거든. 왕비의 시녀 중 가장 예쁜 여자가 다음번 궁중 무도회에 입고 갈 공단 드레스를 맡아서 거기 시계풀을 수놓고 있어. 구석에 놓인 침대에는 어린 아들이 앓고 있어. 열이 끓고 오렌지를 먹고 싶어 하는데, 어머니는 강물밖에 줄 게 없어서 아이는 계속 울어. 제비야, 제비야, 작은 제비야, 저 여자한테 내 칼 손잡이의 루비를 가

......................................

❖ 프랑스어로 '근심이 없다'는 뜻. 프로이센 프리드리히 대제의 포츠담 궁전의 이름이기도 했다.

져다주겠니? 나는 발이 여기 기둥에 박혀 있어서 움직일 수가 없어."

"이집트에서 친구들이 기다려요." 제비가 말했다. "친구들은 지금 나일 강변을 날면서 큼직한 연꽃들과 놀고 있다고요. 이제 곧 위대한 왕의 무덤에서 잠을 잘 거예요. 왕은 채색한 관 속에 누워 있죠. 노란 리넨 천으로 몸을 감싸고, 온갖 향료로 방부 처리가 된 채. 목에는 비취 목걸이를 두르고 두 손은 시든 나뭇잎 같죠."

"제비야, 제비야, 작은 제비야." 왕자가 말했다. "하룻밤만 내 곁에 머물러서 내 심부름꾼이 되어 주겠니? 사내아이는 목이 마르고, 어머니는 너무 슬퍼."

"나는 사내애들이 싫어요." 제비가 말했다. "지난여름 강변에서 지낼 때, 물방앗간 집 버릇없는 사내애 둘이 나만 보면 돌을 던졌어요. 물론 우리 제비는 워낙 몸이 빠르고 나는 특히 민첩하기로 이름난 집안 출신이라서 맞지는 않았지만 그래도 너무 예의 없었어요."

하지만 행복한 왕자의 표정이 너무도 슬퍼서 제비는 마음이 아파졌다. "여기는 너무 추워요." 제비가 말했다. "하지만 하룻밤 왕자님 곁에서 심부름꾼 노릇을 할게요."

"고맙다, 작은 제비야." 왕자가 말했다.

제비는 왕자의 칼에서 큼직한 루비를 빼서 부리에 물고 집집의 지붕들 위를 날았다.

흰색 대리석으로 천사들이 조각된 성당 탑을 지났다. 궁전을 지날 때는 무도회 소리가 들렸다. 아름다운 여자가 애인과 함께 발코니로 나와 있었다. "별들이 신비롭군요." 남자가 여자에게 말했다. "사랑의 힘도 신비롭고요!" "대무도회 날 그 드레스를 입고 싶어요." 여자가 말했다. "시계풀을 수놓아 달라고 주문했거든요. 그런데 바느질꾼이 너무 게을러요."

제비는 강을 건너면서 배의 돛대에 걸린 램프들을 보았다. 유대인 게토를 지날 때는 늙은 유대인들이 흥정하며 구리 저울에 돈을 다는 것을 보았다. 마침내 제비는 그 가난한 집에 도착해서 창문 안을 들여다보았다. 소년은 침대에서 열병에 들뜬 몸을 뒤척였고, 지친 어머니는 잠이 들어 있었다. 제비는 안으로 깡충 뛰어 들어가 여자의 작업대 위 골무 옆에 루비를 내려놓았다. 그런 뒤 침대 주변을 날면서 날개로 소년의 이마를 부채질해 주었다. "아, 시원해." 소년이 말했다. "병이 낫고 있나 봐." 그러고는 달콤한 잠에 빠졌다.

그런 뒤 제비는 행복한 왕자에게 돌아와서 자신이 한 일을 이야기해 주었다. "신기해요. 날이 이렇게 추운데 내 몸에 온기가 느껴지니 말이에요."

"네가 좋은 일을 해서 그래." 왕자가 말했다. 작은 제비는 그 말을 생각해 보다가 잠이 들었다. 제비는 생각을 하면 언제나 잠이 들었다.

아침이 밝자 제비는 강으로 내려가 목욕을 했다.

"이렇게 놀라운 현상이 있나." 다리를 건너던 조류학 교수가 말했다. "겨울에 제비라니!" 그리고 그와 관련된 긴 글을 써서 지역 신문에 기고했다. 모든 사람이 그 글을 인용했다. 거기에는 사람들이 이해할 수 없는 말이 가득했기 때문이다.

"오늘 밤에는 이집트로 가겠어." 제비가 말했고, 그럴 생각을 하니 기분이 좋아졌다. 제비는 모든 공공 기념물을 구경했고, 교회 첨탑에 오래도록 앉아 있었다. 가는 곳마다 참새들이 짹짹거리며 자기들끼리 "정말 보기 드문 철새야!" 하고 말해서 제비는 아주 기분이 좋았다.

달이 뜨자 제비는 행복한 왕자에게 날아가서 말했다. "이집트에 부탁할 일 있나요? 지금 떠날 거거든요."

"제비야, 제비야, 작은 제비야." 왕자가 말했다. "내 곁에 하룻밤만 더 머물러 주겠니?"

"이집트에서 친구들이 기다려요." 제비가 대답했다. "친구들은 내일 제2폭포까지 갈 거예요. 거기는 하마가 골풀 틈에 뒹굴고, 거대한 화강암 옥좌에는 멤논 신이 앉아 있죠. 멤논 신은 밤새도록 별을 바라보다가 샛별이 떠오르면 기쁨의 외침을 한 번 지르고 침묵에 잠겨요. 정오에는 노란 사자들이 물을 마시러 강으로 내려오죠. 그 눈은 녹주석 같고, 사자의 포효는 폭포의 포효보다도 더 커요."

"제비야, 제비야, 작은 제비야." 왕자가 말했다. "이 도시 저편 먼 곳에 다락방이 있고 거기 젊은이가 한 명 있어. 종이가 가득 흩어진 책상에 몸을 숙이고 있고, 옆에 놓인 컵에는 시든 제비꽃이 꽂혀 있어. 젊은이 머리는 갈색 곱슬머리고, 입술은 석류처럼 빨갛고, 커다란 두 눈은 꿈결 같아. 연극 대본을 완성해서 극단 단장에게 내야 하는데 너무 추워서 글을 쓰지 못하고 있어. 난로에는 불이 꺼졌고, 배가 고파서 기운이 하나도 없어."

"하룻밤 더 왕자님 곁에 있겠어요." 마음씨 착한 제비가 말했다. "그 사람에게도 루비를 가져다줄까요?"

"안타깝게도 루비는 이제 없어." 왕자가 말했다. "남은 건 내 눈뿐이야. 이건 천 년 전에 인도에서 가져온 희귀한 사파이어로 만들었어. 이걸 하나 빼서 젊은이에게 가져다줘. 보석상에게 팔아서 식량과 땔감을 사고, 작품을 완성할 수 있을 거야."

"왕자님." 제비가 말했다. "그런 일은 할 수 없어요." 그러고는 제비가 울었다.

"제비야, 제비야, 작은 제비야." 왕자가 말했다. "내가 부탁한 대로 해주렴."

그래서 제비는 왕자의 눈을 하나 뽑아서 애송이 작가의 다락방으로 날아갔다. 지붕에 구멍이 뚫려 있어서 들어가기는 쉬웠다. 제비는 구멍으로 내려가 방 안에 들어섰다. 젊은이는 머리를 두 손에 묻고 있어서 새의 날갯짓 소리를 듣지 못했는데, 잠시 후 고개를 들어 보니 시든 제비꽃 위에 아름다운 사파이어가 놓여 있었다.

"이제 내가 인정받기 시작했어." 젊은이가 소리쳤다. "이건 내 작품을 사랑하는 이가 보낸 선물이야. 이제 작품을 끝낼 수 있어." 젊은이의 얼굴은 아주 행복했다.

다음 날 제비는 부두로 날아갔다. 그리고 커다란 배의 돛대에 앉아 선원들이 화물창에서 큰 궤짝들을 밧줄로 당겨 올리는 것을 보았다. "영차! 어영차!" 궤짝이 올라올 때마다 선원들이 소리쳤다. "나는 이집트로 간다!" 제비의 외침 소리는 아무도 신경 쓰지 않았고, 달이 떠오르자 제비는 다시 행복한 왕자에게 날아갔다.

"작별 인사를 하러 왔어요." 제비가 말했다.

"제비야, 제비야, 작은 제비야." 왕자가 말했다. "하룻밤만 더 내 곁에 있어 주지 않겠니?"

"여긴 겨울이에요." 제비가 대답했다. "곧 차가운 눈이 내릴 거예요. 이집트에서는 푸른 야자나무 위로 햇빛이 따뜻하게 쏟아지고, 악어들은 늪지에서 사방을 나른하게 둘러봐요. 내 친구들은 바알베크 신전에 둥지를 짓고 있고 분홍색, 흰색 비둘기들이 그걸 지켜보며 다정하게 구구 울어요. 왕자님, 저는 떠나지만 왕자님을 잊지는 못할 거예요. 내년 봄에 왕자님이 사람들에게 나눠 준 보석을 대신할 아름다운 보석을 두 개 가지고 돌아올게요. 붉은 장미보다 더 붉은 루비하고 넓은 대양만큼 파란 사파이어로요."

"저기 아래 광장에," 행복한 왕자가 말했다. "성냥팔이 소녀가 있어. 성냥을 배수로에 빠뜨려서 팔 수 없게 되었어. 돈을 벌어 가지 못하면 아버지한테 맞기 때문에 아이는 울고 있어. 신발도 없고 양말도 없고 머리에 모자도 없어. 내 남은 한쪽 눈을 빼서 소녀에게 가져다주면 저 아이는 아버지한테 맞지 않을 거야."

"하룻밤 더 왕자님 곁에 있겠어요." 제비가 말했다. "하지만 왕자님 눈을 뽑을 수는 없어요. 그러면 앞을 못 보잖아요."

"제비야, 제비야, 작은 제비야." 왕자가 말했다. "내가 부탁한 대로 해주렴."

그래서 제비는 왕자의 남은 눈을 뽑아서 입에 물고 날아갔다. 그러고는 성냥팔이 소녀 옆을 지나쳐 날아가며 소녀의 손에 보석을 떨구었다. "정말로 예쁜 유리 조각이네." 소녀는 감탄하고, 쾌활하게 웃으며 집으로 달려갔다.

그런 뒤 제비는 왕자에게 돌아가서 말했다. "이제 왕자님은 앞을 못 봐요. 나는 계속 왕자님 곁에 있겠어요."

"아니야, 작은 제비야." 눈을 잃은 왕자가 말했다. "너는 이집트로 가야 해."

"왕자님을 떠나지 않겠어요." 제비는 그렇게 말하고는 왕자의 발치에서 잠을 잤다.

다음 날 제비는 하루 종일 왕자의 어깨에 앉아서 그동안 자신이 여러 나라에서 본 것들을 이야기해 주었다. 나일 강둑에 긴 줄을 이루고 서서 부리로 금붕어를 잡는 붉은 따오기, 이 세상만큼이나 오래되고 사막 한가운데 살고 모르는 게 없는 스핑크스, 낙타 곁을 천천히 걸으며 손에 호박琥珀 구슬을 가지고 다니는 상인들, 피부가 흑단처럼 검고 커다란 수정 구슬을 숭배하는 달의 산맥의 왕, 야자나무에서 잠을 자고 사제 스무 명에게서 꿀떡을 받아먹는 커다란 초록 뱀, 크고 평평한 나뭇잎을 배 삼아 호수를 건너고 나비들과 늘 전쟁을 하는 피그미 족의 이야기를.

"작은 제비야." 왕자가 말했다. "네가 해준 이야기들은 정말로 놀랍지만, 더욱 놀라운 건 이 세상 남자와 여자들이 겪는 고통이야. 불행보다 더 큰 수수께끼는 없어. 작은 제비야, 이 도시 위를 날아다니면서 어떤 일들이 보이는지 내게 전해 다오."

그래서 제비는 큰 도시 위를 날아다니며, 부자들이 화려한 집에서 즐겁게 놀 때 거지들은 그 대문 앞에 앉아 있는 것을 보았다. 어두운 길목에서는 불 꺼진 거리를 기운 없이 내다보는 배고픈 아이들의 창백한 얼굴을 보았다. 다리 밑에는 두 소년이 추위를 물리치려고 서로를 부둥켜안고 있었다. "배가 너무 고파!" 소년들이 말했다. "너희들 여기서 자면 안 돼." 야경꾼이 소리치자 아이들은 빗속으로 나갔다.

그런 뒤 제비는 왕자에게 돌아가서 자신이 본 광경을 이야기해 주었다.

"내 몸은 순금의 금박으로 덮여 있어." 왕자가 말했다. "이걸한 장 한 장 떼어서 이 도시의 가난한 이들에게 나눠 주렴. 살아있는 사람들은 모두 황금이 있으면 행복을 얻는다고 생각한단다."

한 장 한 장 제비가 금박을 떼어 내자 행복한 왕자는 마침내윤기를 잃고 칙칙해졌다. 한 장 한 장 제비가 금박 조각을 가난한 이들에게 가져다주자, 아이들은 발갛게 핏기가 돌아온 얼굴로 거리에서 웃고 놀며 소리쳤다. "이제 빵을 먹을 수 있어!"

그런 뒤 눈이 내렸고, 뒤이어 강추위가 닥쳤다. 거리는 온통은으로 만든 것처럼 눈부시게 반짝였다. 집집의 처마에는 고드름이 수정 칼처럼 길게 내려왔고, 사람들은 모피 옷을 입었으며, 소년들은 진홍빛 모자를 쓰고 얼음을 지쳤다.

가련한 작은 제비는 갈수록 추위에 떨었지만, 사랑하는 왕자곁을 떠나지 않았다. 빵집에 가서 주인이 한눈파는 사이 문 앞의빵 부스러기를 먹었고, 날개를 파닥여 추위를 몰아내려고 했다.

하지만 제비는 마침내 죽음이 다가왔음을 알았다. 이제 제비에게 남은 힘은 왕자의 어깨에 다시 한 번 날아오를 힘이 전부였다. "안녕, 왕자님!" 제비가 힘없이 말했다. "왕자님 손에 키스해도 될까요?"

"이제 네가 이집트에 가게 되어서 기쁘다, 작은 제비야." 왕자가 말했다. "여기 너무 오래 있었어. 하지만 키스는 내 입술에 해주렴. 나는 너를 사랑하니까."

"내가 가는 곳은 이집트가 아니에요." 제비가 말했다. "나는 죽음의 집으로 가요. 죽음은 잠의 형제죠."

제비는 행복한 왕자의 입술에 키스를 하고는, 죽어 발밑에 떨어졌다.

그때 동상 안에서 무언가 부러진 듯 쩌억 하는 기이한 소리가 났다. 납으로 만든 심장이 두 조각이 난 것이다. 정말이지 엄청난 추위였다.

다음 날 이른 아침에 시장이 시의원들과 동상 밑 광장을 지나갔다. 기둥 앞에 이르자 시장은 동상을 올려다보고 말했다. "이럴 수가! 행복한 왕자가 저렇게 추레해지다니!"

"저렇게 추레해지다니!" 언제나 시장의 말에 맞장구를 치는 시의원들이 그렇게 소리치고는 동상을 보러 올라갔다.

"칼에서 루비가 떨어지고, 두 눈도 없어지고, 금도 벗겨졌소." 시장이 말했다. "거지하고 다를 바가 없군!"

"거지하고 다를 바가 없군." 시의원들이 말했다.

"그리고 발밑에 죽은 새도 있구려!" 시장이 다시 말했다. "새는 여기서 죽으면 안 된다고 포고령을 내려야겠소." 서기는 그 말을 받아 적었다.

그들은 행복한 왕자의 동상을 철거했다. "아름답지 않다면 왕자도 이제 쓸모없지." 대학의 미술 교수가 말했다.

그런 뒤 그들은 동상을 용광로에 가져가 녹였고, 시장은 그 금속으로 무엇을 할지 결정하기 위해 회의를 열고 말했다. "그것으로는 당연히 새 동상을 만들어야 하오. 내 동상을."

"내 동상을." 시의원들이 저마다 말하고 싸웠다. 내가 마지막으로 소식을 들었을 때도 그들은 계속 싸우고 있었다.

"정말 이상한 일이지!" 주물 공장 직공장이 말했다. "이 깨진 납 심장은 용광로에서도 녹지를 않아. 내다 버려야겠다." 그들은 심장을 죽은 제비가 누워 있는 쓰레기 더미에 버렸다.

"저 도시에서 가장 귀중한 것 두 개를 내게 가져다 다오." 하느님이 어느 천사에게 말했고, 천사는 납 심장과 죽은 새를 가지고 왔다.

"아주 잘 골랐구나." 하느님이 말했다. "이 새는 내 천국의 정원에서 영원히 노래할 테고, 행복한 왕자는 내 황금 도시에서 나를 찬양할 테니 말이다."

# 나이팅게일과 장미

"그 아가씨는 붉은 장미를 가져다주면 나와 춤을 추겠다고 했어." 젊은 학생이 소리쳤다. "하지만 내 정원 어디에도 붉은 장미는 없어."

나이팅게일이 너도밤나무 둥지에서 그 말을 듣고 이파리 사이로 밖을 내다보았다.

"내 정원 어디에도 붉은 장미는 없어!" 학생이 소리쳤고, 그의 아름다운 두 눈은 눈물로 가득 찼다. "행복이 그렇게 작은 것들에 달려 있다니! 나는 현인들의 책을 모조리 읽고 철학의 모든 비밀을 아는데, 붉은 장미가 없어서 인생이 비참해졌어."

"여기 마침내 진정한 사랑을 하는 이가 있도다." 나이팅게일이 감탄했다. "나는 그런 이가 누구인지도 모르면서 밤마다 그를 위해 노래하고, 밤마다 별들에게 그의 이야기를 전했는데, 이제 그가 내 앞에 나타났다. 그의 머리는 히아신스 꽃처럼 검고, 입술은 자신이 갈망하는 장미처럼 붉구나. 하지만 열정은 그 얼굴을 상아처럼 창백하게 만들고, 슬픔은 그 이마에 깊은 도장을 찍었도다."

"내일 밤 궁전에서 무도회가 열려." 젊은 학생이 중얼거렸다. "내가 사랑하는 아가씨도 그 무도회에 오지. 내가 붉은 장미를 가져가면 그녀는 새벽까지 나와 춤을 출 거야. 붉은 장미를 가져다주면 그녀는 내 품에 안길 테고 내 어깨에 머리를 기댈 테고 그 손은 내 손에 잡힐 거야. 하지만 내 정원에 붉은 장미가 없으니 나는 외롭게 앉아 있을 테고, 그녀는 내 곁을 지나칠 거야. 나를 본척만척할 테고 내 가슴은 쪼개질 거야."

"여기 진실로 진정한 사랑을 하는 이가 있도다." 나이팅게일이 말했다. "내가 목으로 노래하는 것을 그는 온몸으로 겪는다. 내게 기쁨을 주는 것이 그에게는 고통이 된다. 사랑은 정말이지 놀랍구나. 그것은 에메랄드보다 소중하고 순수 오팔보다 희귀하다. 진주와 석류석으로도 살 수 없고, 시장에 나오지도 않는다. 상점에서 살 수도 없고, 저울에 달아 가격을 매길 수도 없다."

"음악가들이 회랑의 연주석에 앉을 거야." 젊은 학생이 말했다. "그리고 현악기를 연주하면, 내 사랑은 하프와 바이올린 소리에 맞추어 춤을 추겠지. 그 춤은 너무도 가벼워서 발이 바닥에 닿지도 않고, 화려한 옷을 입은 구애자들이 곁에 가득 모여들 거야. 하지만 그녀는 나하고는 춤을 추지 않을 거야. 내가 붉은 장미를 줄 수 없으니까." 그런 뒤 그는 풀밭에 몸을 던지고, 두 손에 얼굴을 묻은 채 울었다.

"저 사람 왜 울어?" 초록 도마뱀이 꼬리를 하늘로 치켜들고 그 곁을 달려 지나가면서 물었다.

"정말 왜 울어?" 나비가 햇빛을 쫓아 날개를 파닥거리며 물었다.

"정말 왜?" 데이지가 이웃에게 낮고 부드러운 목소리로 속삭였다.

"붉은 장미 때문이야." 나이팅게일이 말했다.

"붉은 장미 때문이라고!" 정원 식구들이 소리쳤다. "말도 안 돼!" 냉소적인 작은 도마뱀은 그 자리에서 웃음을 터뜨렸다.

하지만 젊은 학생의 슬픔의 비밀을 이해한 나이팅게일은 조용히 너도밤나무에 앉아서 사랑의 수수께끼에 대해 생각했다.

그러다 나이팅게일은 갑자기 갈색 날개를 펴고 하늘로 날아올랐다. 그리고 그림자처럼 나무들 사이를 지나고, 그림자처럼 정원을 미끄러졌다.

풀밭 한가운데 아름다운 장미나무가 있었고, 그것을 본 나이팅게일은 그리 날아가서 작은 가지에 내려앉았다.

"네가 나에게 붉은 장미 한 송이를 주면, 너에게 더없이 달콤한 노래를 불러 줄게." 나이팅게일이 말했다.

하지만 나무는 고개를 저었다.

"내 장미는 흰 장미야." 나무가 대답했다. "바다 거품처럼 하얗고, 산꼭대기 눈보다도 하얗지. 하지만 낡은 해시계 주변에 자라는 우리 형한테 가보면 혹시 네가 원하는 걸 구할 수 있을지도 몰라."

그래서 나이팅게일은 낡은 해시계 주변에 자라는 장미나무로 날아갔다.

"네가 나에게 붉은 장미 한 송이를 주면, 너에게 더없이 달콤한 노래를 불러 줄게." 나이팅게일이 말했다.

하지만 나무는 고개를 저었다.

"내 장미는 노란 장미야." 나무가 대답했다. "호박색 왕좌에 앉은 인어의 머리카락만큼 노랗고, 풀 베는 이가 오기 전에 초원을 수놓고 있는 수선화보다도 노랗지. 하지만 학생의 창문 아래 자라는 우리 형에게 가보면 혹시 네가 원하는 걸 구할 수 있을지도 몰라."

그래서 나이팅게일은 학생의 창문 아래 자라는 장미나무에게 날아갔다.

"네가 나에게 붉은 장미 한 송이를 주면, 너에게 더없이 달콤한 노래를 불러 줄게." 나이팅게일이 말했다.

하지만 나무는 고개를 저었다.

"내 장미는 붉은 장미야." 나무가 대답했다. "비둘기 발만큼 붉고, 바다 동굴에 출렁이는 산호 군락보다도 붉지. 하지만 겨울이 내 핏줄을 얼리고, 서리가 내 싹을 자르고, 폭풍이 내 가지를 꺾어서 올해는 장미를 낼 수가 없어."

"붉은 장미 한 송이만 있으면 돼." 나이팅게일이 소리쳤다. "오직 한 송이. 어떻게 구할 방법이 없을까?"

"방법은 있어." 나무가 대답했다. "하지만 너무 끔찍해서 너에게 말할 수가 없어."

"말해 줘." 나이팅게일이 말했다. "나는 겁나지 않아."

"붉은 장미를 원하면," 나무가 말했다. "달빛 아래 음악으로 그걸 만들어서 네 심장의 피로 물들여야 돼. 네 가슴을 가시에 대고 나에게 노래를 불러야 돼. 너는 밤새도록 나에게 노래를 해야 하고, 가시가 네 심장을 뚫어야 하고, 네 생명의 피가 내 핏줄로 흘러들어서 내 피가 되어야 해."

"죽음을 대가로 붉은 장미를 얻을 수 있다면 좋아." 나이팅게일이 말했다. "생명은 누구에게나 소중하지. 푸른 숲에 앉아 있는 일도, 황금 전차의 태양이나 진주 전차의 달을 보는 일도 즐거워. 산사나무 향기는 달콤하고, 골짜기에 숨은 초롱꽃도 바람에 날리는 언덕의 히스 향도 달콤해. 하지만 사랑은 생명보다 소중하고, 인간의 심장에 비하면 새의 심장이 무슨 대수겠어?"

그러면서 나이팅게일은 갈색 날개를 펴고 하늘로 날아올랐다. 그림자처럼 정원을 지나고 그림자처럼 나무들 사이를 통과했다.

젊은 학생은 나이팅게일이 아까 본 모습 그대로 풀밭에 엎드려 있었고, 아름다운 두 눈에는 여전히 눈물이 고여 있었다.

"걱정 말아요." 나이팅게일이 말했다. "걱정 말아요. 당신에게 붉은 장미가 생길 거예요. 내가 달빛 아래 음악으로 만들어서 내 심장의 피로 물들여 줄게요. 그 대가로 내가 당신에게 원하는 건 진정한 사랑을 하라는 것뿐이에요. 철학은 현명하지만 사랑은 철학보다 현명하고, 권력은 강하지만 사랑은 권력보다 강하니까요. 사랑의 날개는 불꽃 빛깔이고, 사랑의 몸도 불꽃과 같은 색깔이지요. 그 입술은 꿀처럼 달콤하고 그 숨결은 유향이랍니다."

학생은 풀밭에서 고개를 들고 나이팅게일의 이야기를 들었지만, 그 말을 이해하지는 못했다. 그는 책에 적힌 것만을 알았기 때문이다.

하지만 너도밤나무는 그 말을 알아듣고는 슬퍼했다. 자기 가지에 둥지를 튼 나이팅게일을 아끼고 사랑했기 때문이다.

"나에게 마지막 노래를 해주렴." 나무가 속삭였다. "네가 떠나면 나는 아주 외로울 거야."

그래서 나이팅게일은 너도밤나무에게 노래를 불러 주었고,

그 소리는 은주전자에 보글보글 일어나는 물방울 같았다.

새가 노래를 마쳤을 때, 학생이 일어나더니 주머니에서 수첩과 납 연필을 꺼냈다.

"그녀의 외모는 훌륭해." 그는 나무 사이를 거닐면서 혼잣말을 했다. "그건 부정할 수 없어. 하지만 감정도 있을까? 아무래도 아닌 것 같아. 그녀는 대부분의 예술가들처럼 겉은 번드르르하지만 진정성이 없어. 남을 위해 자신을 희생하지는 않을 거야. 그녀가 생각하는 건 음악뿐이고 예술이 이기적이라는 건 모두가 알지. 그녀의 목소리가 아름답다는 건 인정해. 하지만 안타깝게도 그녀의 말은 아무 의미가 없고 아무런 쓸모도 없어." 그런 뒤 학생은 방으로 들어갔고, 작은 침상에 누워 자신의 사랑을 생각했다. 그러고는 잠시 후에 잠이 들었다.

달이 천공에 빛날 때 나이팅게일은 장미나무로 날아가서 가시에 가슴을 댔다. 밤새도록 새는 가시에 가슴을 대고 노래했고, 차갑고 투명한 달은 귀 기울여 그 노래를 들었다. 밤새도록 새는 노래했고, 가시는 새의 가슴에 점점 더 깊이 박혔으며, 생명의 피는 새의 몸에서 빠져나갔다.

새는 먼저 남자와 여자의 가슴에서 태어나는 사랑을 노래했다. 노래가 이어지는 동안 장미나무 꼭대기 가지에서 꽃잎이 하나하나 생겨나면서 기적의 장미가 피어났다. 처음에 그 꽃은 강물 위에 걸린 안개처럼 창백했다. 아침의 발처럼 창백하고 새벽의 날개처럼 은빛 영롱했다. 은거울에 비친 장미 그림자처럼, 물웅덩이에 비친 장미 그림자처럼, 꼭대기 가지에 피어난 장미 또한 그랬다.

하지만 나무는 나이팅게일에게 가슴을 가시에 더 깊이 대고 누르라고 소리쳤다. "더 깊이 눌러, 나이팅게일. 안 그러면 장미가 완성되기 전에 아침이 밝을 거야."

그래서 나이팅게일은 가슴을 가시에 더 깊이 대고 눌렀고, 노랫소리는 점점 더 커졌다. 새는 젊은 남녀의 영혼 속에서 탄생하는 열정을 노래하고 있었다.

장미 꽃잎에 옅은 홍조가 떠올랐다. 신부의 입술에 키스하는 신랑의 얼굴처럼. 하지만 가시는 아직 나이팅게일의 심장에 이르지 않아 장미는 여전히 흰색이었다. 나이팅게일의 심장의 피만이 장미를 붉게 물들일 수 있었다.

나무는 나이팅게일에게 가슴을 가시에 더 깊이 대고 누르라고 소리쳤다. "더 깊이 눌러, 나이팅게일. 안 그러면 장미가 완성되기 전에 아침이 밝을 거야."

그래서 나이팅게일은 가시에 가슴을 더 깊이 대고 눌렀고, 가시는 마침내 심장에 닿았다. 격렬한 통증이 온몸을 꿰뚫었다. 고통은 이루 말할 수 없었고, 노래는 갈수록 맹렬해졌다. 죽음으로 완성되는 사랑, 무덤에서도 죽지 않는 사랑을 노래했기 때문이다.

그리고 기적의 장미는 동녘 하늘의 장밋빛 같은 진홍색이 되었다. 가장자리 꽃잎도 진홍색이고, 심장 부분도 루비 같은 진홍빛이었다.

하지만 나이팅게일의 목소리는 점점 가늘어지고 날개가 퍼덕거리기 시작했으며 두 눈은 뿌예졌다. 노래는 점점 가늘어지고, 새는 목이 조여 오는 듯한 느낌을 받았다.

잠시 후 새는 마지막 힘을 다해 노래를 쏟았다. 흰 달은 그것을 듣느라 새벽이 온 것을 잊고 하늘에 남아 있었다. 붉은 장미도 그것을 듣고 끓어오르는 열락에 몸을 떨며 차가운 아침 공기 속에 꽃잎을 열었다. 메아리의 신 에코가 그 노래를 언덕의 자줏빛 동굴로 날라 가서 잠든 양치기들을 깨웠다. 노래는 강변의 갈대숲으로 스며들었고, 갈대들은 바다에 노래를 전했다.

"여길 봐!" 나무가 소리쳤다. "장미가 완성됐어." 하지만 나이팅게일은 대답하지 않았다. 가슴에 가시가 박힌 채로 죽어 키 큰 풀들 틈에 쓰러져 있었기 때문이다.

정오가 되자 학생이 창문을 열고 밖을 내다보았다.

"세상에 이런 행운이!" 그가 소리쳤다. "붉은 장미가 있잖아! 내 평생 이런 장미는 처음이야. 이토록 아름다우니 긴 라틴어 이름이 있을 거야." 그러고는 창밖으로 허리를 숙여 장미를 땄다.

그런 뒤 모자를 쓰고 장미를 손에 든 채 교수의 집으로 달려갔다.

교수의 딸은 문 앞에 앉아 물레에 푸른 비단 실을 감고 있었고, 그 발치에 작은 강아지가 앉아 있었다.

"붉은 장미를 가져다주면 나하고 춤을 추겠다고 했죠?" 학생이 소리쳤다. "여기 이 세상에서 가장 붉은 장미가 있어요. 오늘 밤 당신의 가슴에 달고 나와요. 우리가 춤을 추면 내가 당신을 얼마나 사랑하는지 이 장미가 말해 줄 겁니다."

하지만 처녀는 얼굴을 찌푸렸다.

"내 드레스하고 안 어울릴 것 같네요." 그녀가 대답했다. "게다가 의전 장관의 조카는 진짜 보석을 보냈는데, 보석이 꽃보다 훨씬 비싸다는 건 세상이 다 아는 일이죠."

"당신은 정말로 고마움을 모르는군요." 학생은 화를 내고 장미를 길에 던졌다. 장미는 배수로에 빠졌고, 수레바퀴가 그 위로 지나갔다.

"고마움을 모른다고요!" 처녀가 말했다. "그러는 당신은 무례하기 짝이 없군요. 그리고 당신이 도대체 뭐예요? 겨우 학생이잖아요. 당신이 의전 장관의 조카처럼 구두에 은 버클을 달고 있어요?" 그러더니 의자에서 일어나 집 안으로 들어갔다.

"사랑이란 정말로 한심하구나." 학생이 집 앞을 떠나면서 말했다. "논리의 반만큼도 유용하지 않아. 아무것도 증명하지 않으니까. 그리고 언제나 생기지 않을 일을 말하고 진실이 아닌 것을 믿게 만들지. 사랑은 너무도 비실용적인데, 지금 같은 시대에는

실용이 전부야. 나는 철학으로 돌아가서 형이상학을 공부해야겠
다."

　학생은 방으로 돌아가서, 먼지에 덮인 큰 책을 꺼내 읽기 시
작했다.

저만 아는 거인

The Selfish Giant

오후가 되어 학교가 끝나면 아이들은 늘 거인의 정원에 가서 놀았다.

정원은 크고 아름다웠고, 풀밭은 보드랍고 싱그러웠다. 풀밭 여기저기에 아름다운 꽃들이 별처럼 서 있었고, 열두 그루 복숭 아나무가 봄에는 분홍빛과 진주빛의 섬세한 꽃을 터뜨리고 가을 이면 열매를 그득 매달았다. 새들은 나무에 앉아 노래했고, 아이 들은 그 달콤한 음률에 놀이를 멈추고 귀를 기울였다. "이곳은 정말 즐거워!" 아이들이 서로에게 소리쳤다.

그러던 어느 날 거인이 돌아왔다. 거인은 콘월에 있는 친구 괴물 집에서 7년을 보냈다. 7년이 지나자 할 말이 다 떨어졌다.

거인은 이야깃거리가 한정되어 있었기 때문이다. 그래서 자기 성으로 돌아가기로 했다. 그런데 돌아와 보니 정원에 아이들이 놀고 있었다.

"너희들 여기서 뭐하는 거냐?" 거인이 거친 목소리로 고함쳤고, 아이들은 달아났다.

"여기는 내 정원이야." 거인이 말했다. "다 잘 알고 있겠지. 나 말고는 아무도 여기서 놀지 못해." 그러고는 정원 주변에 높은 담벼락을 두르고 경고판을 걸었다.

침입하는 자는
처벌할 것임.

그는 저만 아는 거인이었다.

불쌍한 아이들은 이제 놀 데가 없어졌다. 길에서 놀려고 했지만, 길은 먼지도 많고 돌투성이라서 싫었다. 아이들은 학교에서 돌아오면 높은 담벼락 앞을 서성거리면서 그 안의 아름다운 정원을 이야기했다.

"저기는 정말 즐거웠는데." 아이들이 서로에게 말했다.

그런 뒤 봄이 와서, 온 나라에 작은 꽃이 피고 작은 새가 노래했다. 하지만 저만 아는 거인의 정원은 아직 겨울이었다. 아이들이 없었기 때문에 새들은 거기서 노래하려 하지 않았고, 나무는 꽃 피우는 것을 잊었다. 한번은 어떤 예쁜 꽃이 풀밭 위로 고개를 내밀었지만, 벽에 걸린 경고판을 보고 아이들이 불쌍해서 다시 땅속으로 들어가 잠이 들었다. 즐거운 것은 눈과 서리뿐이었다. "봄이 이 정원을 잊었어." 그들은 소리쳤다. "그러니 우리 1년 내내 여기서 살자." 눈은 크고 하얀 망토로 풀밭을 덮고, 서리는 모든 나무에 은칠을 했다. 그런 뒤에 북풍을 초대하자 북풍이 찾아왔다. 북풍은 모피를 두른 채 하루 종일 정원에서 포효하며 굴뚝들을 무너뜨렸다. "여기는 정말 즐거운 곳이로구나. 우리 우박도 부르자." 그래서 우박이 왔다. 우박은 하루에 세 시간씩 지붕 위로 쏟아져서 슬레이트 판들을 깼고, 그런 뒤에는 있는 힘껏 속도를 내서 정원을 휘젓고 다녔다. 우박의 옷은 잿빛이었고, 그 숨결은 얼음 같았다.

"봄이 왜 이렇게 더딘지 모르겠네." 저만 아는 거인이 창가에 앉아 차갑고 하얀 정원을 내다보며 말했다. "날씨가 풀려야 할 텐데."

하지만 봄은 오지 않았고 여름도 오지 않았다. 가을은 모든 정원에 황금빛 열매를 주었지만, 거인의 정원에는 아무것도 주지 않았다. "저 거인은 자기만 알거든." 가을이 말했다. 그래서 그곳은 언제나 겨울이었고, 북풍과 우박과 서리와 눈이 나무들 틈에서 춤을 추었다.

어느 날 아침 거인이 잠에서 깨어 침대에 누워 있는데 아름다운 음악 소리가 들렸다. 그 소리가 너무도 황홀해서 거인은 왕의 음악대가 지나가는 모양이라고 생각했다. 그건 사실 창밖에서 홍방울새가 노래하는 것일 뿐이었지만, 정원에서 새가 노래한 것이 너무도 오랜만이다 보니 거인에게는 세상에서 가장 아름다운 음악으로 들렸다. 그때 머리 위에서 우박이 춤을 멈추고 북풍도 포효를 멎었으며 열린 창문으로 싱그러운 향기가 들어왔다. "마침내 봄이 왔나 보구나." 거인이 이렇게 말하며 침대를 박차고 나가 밖을 내다보았다.

거인은 무엇을 보았을까?

너무도 멋진 광경이었다. 담벼락에 난 조그만 구멍으로 아이들이 들어와서 나뭇가지에 앉아 있었다. 나무마다 아이들이 한 명씩 있었다. 나무들은 아이들이 돌아온 것이 기뻐서 꽃을 가득 피우고, 아이들 머리 위로 팔을 부드럽게 흔들었다. 새들이 기쁨에 짹짹거리며 날아다녔고, 꽃들은 푸른 풀 밖으로 고개를 내밀고 웃었다. 그런데 따스한 정원 한구석은 아직도 겨울이었다. 정원 가장 후미진 모퉁이였고, 거기 작은 소년이 서 있었다. 아이는 키가 너무 작아 나뭇가지에 팔이 닿지 않아서, 나무 주변을 돌면서 슬피 울고 있었다. 그 불쌍한 나무는 아직도 서리와 눈에 덮여 있었고, 북풍은 그 위에서 활개 치며 포효하고 있었다. "올라오렴! 아이야." 나무가 말하며 가지를 있는 힘껏 아래로 내렸지만 아이는 너무 작았다.

바깥을 내다보던 거인은 가슴이 뭉클해졌다. "나는 너무 나만 알고 살았구나!" 거인이 말했다. "왜 여기 봄이 오지 않았는지 이제 알겠다. 저 꼬마 아이를 나무 꼭대기에 올려 주고 담을 허물어서 이곳을 영원히 아이들의 놀이터로 만들어 주어야겠다." 거인은 자신이 한 일을 진심으로 후회했다.

거인은 아래층으로 내려가서 조용히 현관문을 열고 정원으로 나갔다. 그런데 아이들은 거인을 보자 깜짝 놀라서 모두 달아나 버렸고, 정원은 다시 겨울이 되었다. 달아나지 않은 것은 꼬마 소년뿐이었다. 아이는 눈에 눈물이 가득해서 거인이 오는 것을 보지 못했다. 거인은 아이의 등 뒤로 몰래 다가가서는 아이를 살그머니 잡아 나무에 올려 주었다. 나무에서는 곧바로 꽃이 활짝 피어났고, 새들이 와서 노래를 불렀으며, 꼬마 소년은 두 팔을 뻗어 거인의 목을 안고 그에게 입을 맞추었다. 그러자 착해진 거인을 본 아이들이 다시 달려왔고, 아이들과 함께 봄도 왔다. "이제 여긴 너희 정원이다, 애들아." 거인이 그렇게 말하고는 커다란 도끼로 담벼락을 무너뜨렸다. 12시에 시장에 가던 사람들은 이제껏 본 적이 없는 아름다운 정원에서 거인이 아이들과 노는 모습을 보았다.

아이들은 하루 종일 놀았고, 저녁이 되자 거인에게 작별 인사를 하러 왔다.

"그 꼬마 친구는 어디 갔니?" 거인이 물었다. "내가 나무에 올려 준 아이 말이다." 거인은 그 아이를 가장 사랑했다. 아이가 자신에게 입을 맞추어 주었기 때문이다.

"몰라요." 아이들이 대답했다. "없어졌어요."

"내일 꼭 오라고 전해 주렴." 거인이 말했다. 하지만 아이들은 그 아이가 어디 사는지 모르고 전에도 본 적이 없다고 말했다. 거인은 아주 슬퍼졌다.

매일 오후 학교가 끝나면 아이들이 와서 거인과 놀았다. 하지만 거인이 사랑한 꼬마는 두 번 다시 보이지 않았다. 거인은 모든 아이들에게 다정했지만, 그래도 자신의 첫 친구가 보고 싶어서 그 꼬마 이야기를 자주 했다. "정말로 그 아이가 보고 싶구나!"

세월이 흘러 거인은 늙고 약해졌다. 이제 거인은 더는 놀 수가 없어서 커다란 안락의자에 앉아 아이들이 노는 것을 바라보며 자신의 정원을 칭찬했다. "내 정원에는 아름다운 꽃이 많지. 하지만 가장 아름다운 꽃은 아이들이야."

어느 겨울 아침, 거인은 옷을 입다가 창밖을 내다보았다. 이제 거인은 겨울이 싫지 않았다. 겨울은 그저 봄이 잠을 자고 꽃들이 쉬는 때라는 걸 알았기 때문이다.

그러다가 거인은 놀라서 눈을 비비고 한 곳을 뚫어져라 바라보았다. 정말로 놀라운 광경이었다. 정원 가장 후미진 모퉁이에 사랑스러운 흰 꽃이 가득 핀 나무가 있었다. 가지는 황금빛이고 은빛 열매가 늘어진 그 나무 밑에, 자신이 사랑한 꼬마 소년이 서 있었다.

거인은 터져 오르는 기쁨으로 정원으로 달려갔다. 그리고 풀밭을 지나 아이에게 갔다. 아이 앞에 이르자 거인은 분노로 얼굴이 벌게져서 말했다. "누가 너에게 상처를 입혔니?" 아이의 두 손과 조그만 발에 못 자국이 나 있었기 때문이다.

"누가 네게 상처를 입혔냐고!" 거인이 소리쳤다. "어서 말해. 내가 큰 칼을 꺼내 와서 죽여 버릴 거야."

"안 돼!" 아이가 대답했다. "이건 사랑의 상처야."

"너는 누구지?" 거인이 말했다. 기이한 두려움에 거인은 아이 앞에 무릎을 꿇었다.

그러자 아이는 거인에게 미소를 짓고 말했다. "예전에 아저씨는 나를 아저씨 정원에서 놀게 해주었어. 오늘 아저씨는 나와 함께 나의 정원인 천국으로 갈 거야."

그날 오후에 아이들이 달려와 보니, 거인은 온몸이 흰 꽃에 덮인 채 나무 밑에 죽어 누워 있었다.

# 아서 새빌 경의 범죄

I

원더미어 부인이 개최한 부활절 전 마지막 연회가 열린 벤팅크 하우스는 평소보다도 훨씬 북적거렸다. 장관 여섯이 국왕 접견을 마친 뒤 곧바로 훈장과 띠 차림으로 그리 왔고, 예쁜 여자들도 모두 최고의 드레스 차림이었으며, 그림 회랑 끝에는 카를스루에의 소피아 공주가 와 있었다. 공주는 뚱뚱한 몸에 검고 작은 눈을 가진, 타타르인 같은 생김새의 부인이었다. 그녀는 눈부신 에메랄드 보석으로 치장하고서 서툰 프랑스어를 목청 높이 쏟아 내며 사람들이 건네는 한마디 한마디에 과도하게 웃었다. 정말로 멋진 사람들의 조합이었다. 화려한 귀부인들이 과격한

급진파 인사들과 상냥한 대화를 나누었고, 인기 설교가들이 저명 회의주의자들과 연회복 자락을 스쳤으며, 주교들은 이 방 저방으로 뚱뚱한 프리마돈나를 쫓아다녔고, 계단에는 왕립 미술원 회원 몇 명이 미술가로 변장을 하고 서 있었다. 소小식당은 천재들로 그득했다. 그야말로 윈더미어 부인 최고의 밤 가운데 하나였고, 공주는 거의 11시 반까지 머물렀다.

　공주가 떠나자 윈더미어 부인은 저명 정치경제학자가 헝가리 출신 명연주자에게 음악의 과학을 근엄하게 설명해서 분노를 사고 있는 그림 회랑으로 돌아가서, 페이즐리 공작 부인과 이야기를 시작했다. 윈더미어 부인은 아름다웠다. 상아빛 목, 물망초 빛깔의 크고 파란 눈, 풍성하게 똬리를 튼 금빛 머리. 그 머리 빛깔은 그야말로 순금이었다. 황금이라는 찬란한 이름을 찬탈해 간 희미한 지푸라기 빛깔이 아니라, 햇빛으로 직조한 듯한 혹은 신기한 호박琥珀에 감추어진 듯한 황금빛이었다. 그런 머리카락이 부인을 성인처럼 보이게도 하고 죄인처럼 보이게도 했다. 그녀는 특이한 심리학적 연구 대상이었다. 인생 초기에 부주의함만큼 순수해 보이는 것은 없다는 중요한 진실을 발견하고는 일련의 경솔한 모험ㅡ그중 절반가량은 누구에게도 그다지 해가 되지 않았다ㅡ을 통해 유명인이 되었다. 드브렛 귀족 연감에 따르면 세 번 결혼했다. 하지만 애인은 한 번도 바꾸지 않았기에 세상은 오래전에 그녀에 대한 쑥덕공론을 멈추었다. 마흔 살이 된 부인은 아이는 없고 쾌락에 무절제한 열정을 지녔는데, 바로 그 것이 젊음을 유지하는 비결이었다.

부인이 갑자기 방 안을 열심히 둘러보다가 맑은 콘트랄토 목소리로 물었다. "우리 집 수상술사手相術師는 어디 갔죠?"

"이 집의 뭐요, 글래디스?" 공작 부인이 자신도 모르게 움찔하며 되물었다.

"수상술사요, 공작 부인. 저는 이제 그 사람 없이는 살 수 없답니다."

"글래디스! 당신은 정말 언제나 남달라요." 공작 부인은 수상술사가 무엇인지 생각해 내려고 하면서, 그것이 수족手足 의사와 같은 것이 아니기를 희망하며 나직하게 말했다.

"그 사람은 일주일에 두 번씩 와서 제 손을 봐준답니다." 윈더미어 부인이 말했다. "얼마나 재미있는지 몰라요."

'아이쿠야!' 공작 부인이 속으로 생각했다. '그렇다면 수족 의사의 일종이라는 거 아냐. 기막혀라. 외국 사람이기를 바랄 수밖에. 그러면 그나마 좀 나을 거야.'

"공작 부인께 꼭 그 사람을 소개해 드리고 싶어요."

"그 사람을 소개한다고요!" 공작 부인이 소리쳤다. "지금 여기 그 사람이 있다는 건 아니겠지요?" 그러면서 당장이라도 떠날 수 있도록 조그만 거북 등껍질 부채와 낡은 레이스 숄을 찾으며 주변을 두리번거렸다.

✝ 아서 새빌 경의 범죄 ✝

"물론 여기 있죠. 저는 그 사람 없이 파티를 여는 일은 꿈도 꾸지 않아요. 그 사람은 제 손이 순수한 심령술사의 손이라고, 엄지가 조금이라도 짧았으면 염세주의에 빠져서 수녀원에 갔을 운명이래요."

"아, 그렇군요!" 공작 부인이 안도하며 말했다. "앞날의 행운을 일러 주는 사람인가 보군요?"

"그리고 불행도요." 윈더미어 부인이 대답했다. "불행은 하나도 빼놓지 않고 다 말해 줘요. 예를 들어 저는 내년에 육지와 바다에서 각각 큰 위험에 빠진대요. 그래서 저는 풍선에 올라가 살면서 저녁마다 바구니로 식사를 받아먹을 생각이에요. 이 새끼손가락 아니면 손바닥에 다 쓰여 있대요. 어느 쪽인지는 잊었지만."

"하지만 아주 유혹적인 선견지명이군요, 글래디스."

"공작 부인, 하지만 이제는 선견지명으로 유혹을 이길 수 있답니다. 저는 우리 모두가 한 달에 한 번씩 수상을 보며 해야 할 일과 하지 말아야 할 일을 알아 두어야 한다고 생각해요. 물론 그래도 사람들은 행동을 바꾸지 않겠지만, 미리 경고를 받는 건 기분 좋은 일이죠. 누가 당장 포저스 씨를 데려오지 않으면 제가 찾으러 가겠어요."

"제가 가겠습니다, 윈더미어 부인." 옆에서 즐거운 미소를 지으며 두 사람의 대화를 엿듣던 키 크고 잘생긴 젊은이가 말했다.

"고마워요, 아서 경. 하지만 포저스 씨를 못 알아보실 텐데요."

"부인의 말씀처럼 멋진 사람이라면 분명히 금방 알아볼 겁니다. 어떻게 생겼는지 말씀해 주시면 당장 찾아오겠습니다."

"생긴 건 전혀 수상술사 같지 않아요. 수수께끼 같다거나 비밀스럽다거나 낭만적인 생김새가 아니에요. 키가 작고 뚱뚱하고 웃기는 대머리에 큼직한 금테 안경을 썼어요. 가족 주치의와 시골 변호사 중간쯤 되는 생김새예요. 정말로 안타깝지만 그게 제 잘못은 아니죠. 우리 집에 오는 사람들은 다들 왜 그런지 모르겠어요. 피아니스트들은 전부 시인처럼 생겼고, 시인들은 피아니스트처럼 보여요. 지난 사교 철에는 제가 실수로 수많은 사람을 폭살한 무시무시한 음모가를 초대했잖아요. 그 사람은 늘 사슬 갑옷에 소매에 단검을 차고 다니지요. 그런데 처음 왔을 때는 꼭 인자한 노老성직자처럼 보였고 저녁 내내 농담도 얼마나 많이 하던지 그런 사람이라고는 생각도 못 했어요. 물론 아주 재미있는 분이기는 하지만 정체를 알고는 실망했어요. 그분에게 사슬 갑옷에 대해 묻자 껄껄 웃더니 영국에서 입기에는 너무 춥다고 말하던 게 생각나는군요. 아, 포저스 씨가 왔네요! 포저스 씨, 페이즐리 공작 부인의 수상을 한번 봐주세요. 공작 부인, 장갑을 벗으셔야겠네요. 아뇨, 왼손 말고 다른 손요."

"글래디스, 이건 아무래도 옳은 일이 아닌 것 같네요." 공작 부인이 때가 탄 새끼 염소 가죽 장갑의 단추를 풀면서 힘없이 말했다.

"이보다 재미있는 일은 없어요." 윈더미어 부인이 말했다. "세상이 다 그렇게 말한다고요. 먼저 소개를 시켜 드리죠. 공작 부인, 이쪽은 포저스 씨, 제가 아끼는 수상술사예요. 포저스 씨, 이쪽은 페이즐리 공작 부인이에요. 만약 공작 부인의 달의 산이 나보다 더 크다고 하시면 다시는 포저스 씨 말을 믿지 않을 거예요."

"글래디스, 내 손에 그런 이야기는 없어요." 공작 부인이 진지하게 말했다.

"공작 부인 말씀이 맞습니다." 포저스 씨가 그녀의 작고 두꺼운 손과 짧고 뭉툭한 손가락을 보고 말했다. "달의 산은 발달하지 않았습니다. 하지만 생명선은 훌륭합니다. 손목을 굽혀 주시겠습니까? 고맙습니다. 라세트❖에 세 줄의 선이 분명하군요! 만수무강하실 겁니다. 그리고 아주 행복하실 겁니다. 야심은 절제되었고, 두뇌선은 과도하지 않습니다. 감정선은……."

"보이는 대로 경솔하게 말하세요, 포저스 씨." 윈더미어 부인이 소리쳤다.

"공작 부인께 그렇게 말할 게 있다면," 포저스 씨가 절을 하

---

❖ 손목과 손이 만나는 부분의 선.

며 말했다. "저도 즐겁겠지만, 안타깝게도 제 눈에 보이는 건 크고 변함없는 온정과 강한 책임감뿐입니다."

"계속해요, 포저스 씨." 공작 부인이 만족스러운 듯 말했다.

"절약은 공작 부인의 미덕이 아닙니다." 포저스 씨가 그렇게 말하자 윈더미어 부인은 요란한 웃음을 터뜨렸다.

"절약은 좋은 일이에요." 공작 부인이 흔들리지 않고 말했다. "페이즐리 공작과 결혼했을 때, 나는 성이 열한 채였지만 살 만한 집은 한 채도 없었어요."

"이제 공작께서는 집이 열두 채지만, 성은 한 채도 없잖아요." 윈더미어 부인이 말했다.

"그러니까 내가 좋아하는 건⋯⋯." 공작 부인이 입을 뗐다.

"안락이죠." 포저스 씨가 말했다. "그리고 현대적 개조와 모든 방의 온수 시설입니다. 공작 부인 말씀이 맞습니다. 문명이 우리에게 줄 수 있는 건 오직 안락뿐이니까요."

"포저스 씨, 공작 부인의 성격을 멋지게 알아맞혔어요. 이제 플로라 차례예요." 그러면서 여주인이 미소 띤 얼굴로 고갯짓을 하자, 큰 키에 적갈색 머리, 높은 어깨뼈를 가진 젊은 여자가 소파 뒤쪽에서 어색하게 걸어 나와 길고 여윈 손과 넓적하고 둥근 손가락을 내밀었다.

"피아노를 치시는군요!" 포저스 씨가 말했다. "그것도 아주 잘 치시지만 음악가는 아니네요. 말수가 적고 솔직하고 동물을 사랑하는 성품입니다."

"맞아요!" 공작 부인이 윈더미어 부인을 돌아보며 감탄했다. "꼭 맞아요! 플로라는 콜리 개를 스물네 마리나 기르고 있고, 부친이 허락하신다면 우리 마을을 동물원으로 만들 사람이에요."

"저도 목요일 저녁이면 우리 집을 그렇게 만든답니다." 윈더미어 부인이 웃으며 말했다. "하지만 저는 콜리 개보다는 사자❖가 더 좋아요."

"윈더미어 부인의 유일한 약점이죠." 포저스 씨가 과장되게 절을 하며 말했다.

그러자 다음과 같은 윈더미어 부인의 답이 돌아왔다. "여자가 자기 약점을 매력으로 만들지 못하면 그저 암컷일 뿐이에요. 다른 사람 수상도 좀 봐주세요. 토머스 경, 포저스 씨에게 손을 보여 주세요." 그러자 친절한 얼굴에 흰 조끼를 입은 노신사가 다가와서 중지가 긴 두껍고 거친 손을 내밀었다.

"모험심이 강하시군요. 긴 항해를 네 차례 하셨고, 앞으로도 또 하시겠네요. 세 번, 아니 두 번의 난파를 겪으셨군요. 다음번 여행에서 난파를 경험하실 위험이 있어요. 강경 보수파고, 시간을 잘 지키고, 골동품 수집을 좋아하시네요. 16세에서 18세 사이에 큰 병을 앓았고, 서른 살 무렵에 유산을 받으셨군요. 고양

---

❖ 사교계 명사, 특히 예술가를 가리킨다.

이와 급진파를 아주 싫어하시고요."

"이럴 수가!" 토머스 경이 소리쳤다. "우리 집사람 손도 봐주시오."

"두 번째 부인 말씀이시죠?" 포저스 씨가 토머스 경의 손을 붙든 채 조용히 말했다. "기쁘게 봐드리겠습니다." 하지만 우울한 얼굴에 갈색 머리와 감상적인 속눈썹을 가진 마블 부인은, 자신의 과거와 미래를 드러내는 일을 일언지하에 거절했다. 러시아 대사 무슈 드 콜로프도 윈더미어 부인이 무슨 수를 써도 장갑을 벗지 않았다. 많은 사람들이 판에 박힌 미소와 금테 안경, 밝고 치밀한 눈빛의 이 기이한 남자와 마주하기를 두려워하는 것 같았다. 그가 모두의 앞에서 불쌍한 퍼머 부인에게 "부인은 음악은 좋아하지 않지만 음악가들은 아주 좋아하네요"라고 말했을 때, 사람들은 수상술이 일대일로 이루어지지 않으면 아주 위험한, 권장할 수 없는 기술이라고 여기게 되었다.

하지만 퍼머 부인의 불운한 이야기를 전혀 모르던 아서 새빌 경은 포저스 씨를 흥미진진하게 바라보다가 자기도 수상을 보고 싶다는 강한 호기심을 느꼈다. 하지만 손을 내미는 게 쑥스럽게 느껴져 윈더미어 부인이 앉아 있는 곳으로 가서 수줍게 얼굴을 붉히고는 포저스 씨가 자기 수상도 보아 줄 수 있는지 물었다.

"물론이죠." 윈더미어 부인이 말했다. "그러려고 부른 건데요. 우리 집 사자들은 제가 요청하면 언제나 굴렁쇠를 뛰어넘는

답니다. 하지만 제가 시빌에게 이 이야기를 다 할 거라는 건 알아 두세요. 내일 시빌과 우리 집에서 점심을 하며 보닛 이야기를 할 예정인데, 만약 포저스 씨가 당신이 성미가 고약하다거나 나중에 통풍에 걸린다거나 아내를 베이스워터❖에 살게 한다는 걸 알아내면, 시빌에게 모두 말할 거예요."

아서 경은 미소 띤 얼굴로 고개를 젓고 대답했다. "겁나지 않습니다. 시빌은 내가 시빌을 아는 만큼 저를 아니까요."

"아! 그런 말씀은 안타까운걸요. 결혼의 적절한 토대는 이해가 아니라 오해예요. 냉소가 아니라 경험으로 말하는 거예요. 하지만 그 두 가지는 어차피 비슷하죠. 포저스 씨, 아서 새빌 경이 수상을 꼭 좀 봐달라고 하시네요. 약혼녀가 런던에서 손꼽히는 미인이라는 말은 하지 말아요. 그건 한 달 전에 《모닝 포스트》에 나온 이야기니까요."

"윈더미어 부인." 제드버러 후작 부인이 소리쳤다. "포저스 씨를 여기 좀 더 머물게 해줘요. 방금 나더러 무대에 서야 한다고 했는데 거기에 대해서 더 듣고 싶거든요."

"그렇게 말했다면 제드버러 부인, 포저스 씨를 얼른 내보내야겠는걸요. 포저스 씨, 이리 와서 아서 경의 수상을 봐줘요."

"흠." 제드버러 부인이 입술이 약간 삐죽해져서 소파에서 일

--------------------------

❖ 당시 개발되기 시작한 런던 교외 지역.

어섰다. "무대에 서는 게 허락되지 않으면 관객 역할은 할 수 있겠죠."

"물론이죠. 우리 모두는 관객일 거예요." 윈더미어 부인이 말했다. "그리고 포저스 씨, 좋은 말씀을 들려줘요. 아서 경은 제가 각별히 아끼는 분이랍니다."

하지만 포저스 씨는 아서 경의 손을 보더니 얼굴이 창백해져서 아무 말도 하지 못했다. 전율이 몸을 휩쓰는 것 같았고, 북슬북슬한 눈썹은 기이하고 볼썽사납게 경련했다. 이어 누런 이마에서 독 이슬처럼 굵은 땀방울이 비어져 나왔고, 두꺼운 손가락이 차갑고 끈끈해졌다.

아서 경은 이런 기이한 동요의 징후를 놓치지 않았고, 난생처음 두려움을 느꼈다. 그는 그 방에서 달려 나가고 싶은 충동을 애써 자제했다. 문제가 무엇이건, 모르고 불안해하는 것보다는 최악의 위험을 아는 편이 나았다.

"말씀 기다리고 있습니다. 포저스 씨." 그가 말했다.

"모두 기다리고 있어요." 윈더미어 부인이 그녀답게 재촉했지만 수상술사는 대답하지 않았다.

"아서가 무대에 설 모양이네요." 제드버러 부인이 말했다. "윈더미어 부인에게 꾸중을 들어서 그런 말을 하기가 겁나나 봐요."

포저스 씨는 아서 경의 오른손을 툭 떨구고는 왼손을 잡아서 살펴보려 했는데, 고개를 어찌나 깊이 숙였는지 금테 안경이 손바닥에 닿을 지경이었다. 한순간 그의 얼굴은 하얀 공포의 가면이 되었지만, 곧 침착을 되찾고는 윈더미어 부인을 올려다보며 억지 미소를 지었다. "매력적인 젊은이의 손입니다."

"그야 당연하죠!" 윈더미어 부인이 대답했다. "하지만 이분이 사랑스러운 남편이 될까요? 나는 그게 알고 싶어요."

"매력적인 젊은이는 모두 그렇게 됩니다." 포저스 씨가 말했다.

"남편은 너무 매력적이면 곤란해요." 제드버러 부인이 골똘하게 말했다. "너무 위험해요."

"남편들이 너무 매력적인 경우는 없어요." 윈더미어 부인이 말했다. "하지만 상세한 내용이 궁금하네요. 이 세상에서 흥미로운 건 그것뿐이죠. 아서 경에게 무슨 일이 생기는 건가요?"

"그게, 몇 달 안에 아서 경은 항해를 떠나게 되고……."

"아, 신혼여행을 갈 테니까!"

"친척을 잃게 됩니다."

"설마 누이는 아니겠죠?" 제드버러 부인이 안타깝게 물었다.

"누이는 분명히 아닙니다." 포저스 씨가 손을 저으며 대답했다. "먼 친척일 뿐입니다."

"그러면 실망인데요." 윈더미어 부인이 말했다. "내일 시빌에게 할 말이 없잖아요. 요즘 누가 먼 친척을 신경 쓰나요. 그건 벌써 오래전에 유행이 끝났어요. 하지만 검은 드레스를 준비해야겠네요. 교회에는 검은 옷이 어울리니까요. 저녁참이나 먹으러

가요. 음식이 동났을 게 분명하지만 따끈한 수프는 남았을지도 몰라요. 프랑수아는 예전에는 수프 솜씨가 훌륭했는데, 요즘에는 정치에 열을 올려서 영 믿음이 안 가요. 불랑제 장군*이 조용하시기를 바랄 뿐입니다. 공작 부인, 피곤하신가 봐요?"

"아니에요, 글래디스." 공작 부인이 문으로 뒤뚱뒤뚱 걸어가며 대답했다. "즐거운 파티였어요. 그리고 그 수족 의사, 아니 수상술사는 아주 재밌네요. 플로라, 내 거북 등껍질 부채 봤니? 아, 고마워요, 토머스 경. 레이스 솔은, 플로라? 아, 고마워요, 토머스 경. 정말로 고마워요." 그러고는 귀부인은 마침내 향수병을 두 번 이상 떨구지 않고 아래층으로 내려가는 데 성공했다.

그러는 동안 아서 새빌 경은 아까와 똑같은 두려움, 다가오는 불운에 대한 참담함에 사로잡혀 벽난로 옆에 서 있었다. 그는 누이가 플림데일 경의 팔짱을 끼고 분홍색 브로케이드 드레스와 진주 장식의 사랑스러운 차림으로 앞을 지나갈 때 슬픈 미소를 짓고 있었고, 그 뒤를 따라가라는 윈더미어 부인의 말은 듣지도 못했다. 그는 오로지 시빌 머턴만을 생각하고 있었다. 둘 사이를 방해하는 일이 생길지도 모른다는 생각만으로도 두 눈이 눈물로 흐려졌다.

네메시스가 팔라스의 방패를 훔쳐 그에게 고르곤의 머리를

........................................
❖ 프랑스의 국방 장관.

보여 준 듯.❖ 그는 돌로 변한 것 같았고, 그 서글픈 얼굴 역시 대리석 같았다. 그는 고귀함과 부를 타고나서 섬세하고 호사스런 인생, 저열함이라고는 없는 우아한 인생, 아름답고 순진하고 근심 없는 인생을 살아왔다. 그랬던 그가 처음으로 운명의 수수께끼를, '파멸의 운명'의 참혹한 의미를 깨닫게 된 것이었다.

모든 것이 광포하고 기괴해 보였다! 자기 손에 쓰여진, 자신의 눈에는 보이지 않지만 다른 누군가는 읽을 수 있는 그 내용이 어떤 무시무시한 죄악, 피로 물든 범죄의 표시일까? 그것을 피할 방도는 없을까? 우리는 명예롭건 수치스럽건 보이지 않는 힘에 조종당하는 체스 판의 말, 도공이 멋대로 빚어내는 그릇과 다름없는 존재들인가? 그의 이성은 그런 생각에 반항했지만, 어떤 비극이 임박했다는 것과 갑자기 두 어깨에 견딜 수 없는 짐을 짊어지게 되었다는 느낌은 지울 수 없었다. 배우들은 행운아들이다. 비극에 출연할지 희극에 출연할지, 괴로워할지 즐거워할지, 웃을지 울지 결정할 수 있기 때문이다. 실제 인생은 다르다. 대부분의 남녀는 준비되지 않은 역할을 강요받는다. 길덴스턴들이 햄릿을 연기하고, 햄릿들이 핼 왕자처럼 익살을 떨어야 한다.❖❖

......................

❖ 네메시스는 그리스 신화 속 복수의 여신. 전쟁의 여신 팔라스 아테네의 방패에는 보는 사람을 돌로 만들어 버린다는 고르곤(메두사 자매)의 머리가 달려 있다.
❖❖ 길덴스턴은 셰익스피어의 《햄릿》에 나오는 사소한 조연, 핼 왕자는 《헨리 5세》에 나오는 무모한 왕자.

이 세상이 무대라면 배우들은 자신과 맞지 않는 역할을 맡고 있는 것이다.

그때 포저스 씨가 불쑥 방으로 들어왔다. 아서 경을 보고 깜짝 놀라더니, 거칠고 살찐 얼굴이 녹황색 빛깔로 변했다. 두 남자의 눈이 마주쳤고, 잠시 침묵이 흘렀다.

"공작 부인께서 장갑 한 짝을 두고 가셨다고 해서 가지러 왔습니다, 아서 경." 포저스 씨가 마침내 말했다. "저기 소파에 있군요! 안녕히 계십시오."

"포저스 씨, 질문을 하나 하고 싶은데 정직하게 답변해 주기 바랍니다."

"다음번에 하죠, 아서 경. 공작 부인이 바쁘셔서요. 이만 물러가겠습니다."

"안 됩니다. 공작 부인은 바쁘시지 않습니다."

"귀부인을 기다리게 하는 건 안 될 일입니다, 아서 경." 포저스 씨가 창백한 미소를 짓고 말했다.

"여성분들은 원래 조급해합니다." 아서 경의 조각 같은 입술이 비난을 담고 비틀어졌다. 그 순간 그에게 공작 부인은 별로 중요하지 않았다. 그는 포저스 씨 앞으로 성큼성큼 걸어가서 손을 내밀고는 말했다.

"여기 어떤 내용이 적혀 있는지 말해요. 사실대로 말해요. 꼭 알아야겠어요. 난 어린애가 아닙니다."

포저스 씨는 금테 안경을 쓴 눈을 깜박거리더니, 오른발 왼발로 불안하게 균형을 옮기면서 반짝이는 시계 사슬을 초조하게 만지작거렸다.

"제가 경의 수상에서 말씀드리지 않은 내용이 있다고 생각하시는 이유가 무엇인지요?"

"그게 사실이니까요. 그리고 그 내용을 꼭 알아야겠습니다. 돈은 주지요. 1백 파운드 수표를 주겠습니다."

녹색 눈동자가 잠시 반짝 빛나더니 다시 둔탁해졌다.

"기니◆로 말씀인가요?" 포저스 씨가 마침내 낮은 목소리로 말했다.

"물론이죠. 내일 수표를 보내 드리겠습니다. 클럽이 어딥니까?"

"저는 클럽이 없습니다. 그러니까 지금은요. 제 주소는……그냥 명함을 드리지요." 포저스 씨는 조끼 주머니에서 테두리에 금박을 두른 명함을 꺼내서 깊이 절하며 아서 경에게 건넸고, 아서 경은 그것을 받아 읽었다.


셉티무스 R. 포저스

전문 수상술사


........................
◆ 파운드보다 가치가 약간 높은 예전의 화폐 단위.

"상담 시간은 10시에서 4시까지입니다." 포저스 씨가 기계적으로 말했다. "그리고 가족 단위로는 할인해 드립니다."

"빨리 합시다." 아서 경이 창백한 얼굴로 손을 내밀고 소리쳤다.

포저스 씨는 주위를 불안스레 둘러보더니 문에 무거운 휘장을 쳤다.

"시간이 좀 걸립니다, 아서 경. 그러니 앉으시지요."

"빨리 해요." 아서 경이 매끈한 바닥에 발을 구르며 다시 소리쳤다.

포저스 씨는 얼굴에 미소를 짓고 윗주머니에서 작은 확대경을 꺼내서 손수건으로 꼼꼼히 닦았다.

"준비됐습니다." 그가 말했다.


II

10분 뒤에 아서 새빌 경은 두려움으로 창백해진 얼굴과 슬픔으로 격렬해진 눈으로, 커다란 줄무늬 차양 주변에 둘러선 모피 차림의 시종들을 뚫고 벤팅크 하우스 밖으로 달려 나갔다. 아무것도 보이지 않고 아무것도 들리지 않는 것 같았다. 밤은 살을 에듯 차가웠고, 광장 주변의 가스등은 칼바람에 펄럭거렸다. 하지만 그의 손은 열로 뜨거웠고, 그의 이마는 불길처럼 타올랐다. 그는 걷고 또 걸었고, 걸음걸이는 술 취한 사람 같았다. 경찰이 그를 신기한 듯 바라보았고, 적선을 호소하려고 아치문 밖으로 나온 거지는 자신보다 더 불행한 사람을 보고 놀랐다. 아서 경은 가로등 밑에 멈추어 서서 손을 내려다보았다. 벌써 핏자국이 나타난 것 같았고, 그의 떨리는 입술에서는 희미한 외침이 터져 나왔다.

살인! 수상술사가 본 것은 그것이었다. 살인! 어둠도 그것을 아는 것 같았고, 황량한 바람도 그 말을 그의 귀에 부르짖는 것 같았다. 거리거리의 어두운 모퉁이도 그 말로 가득 차 있었다. 집집의 지붕에서도 그 말이 웃으며 그를 내려다보고 있었다.

그는 일단 하이드 파크로 갔다. 그곳의 어두운 숲이 그를 매혹하는 것 같았다. 그는 난간에 힘없이 기대 이마를 그 젖은 금속에 대고 식히며, 나무들의 떨리는 침묵에 귀를 기울였다. "살인! 살인!" 거듭해서 말하면 그 말의 공포가 줄어들기라도 하는 듯 자꾸 되뇌었다. 그는 자신의 목소리에 전율을 일으켰지만, 메아리의 신 에코가 그 말을 듣고 잠든 도시를 깨워 주면 좋겠다는 생각까지 했다. 지나가는 행인을 붙들어 이 이야기를 다 털어놓고 싶다는 말도 안 되는 열망이 솟구쳤다.

그런 뒤 그는 옥스퍼드 가를 지나 좁고 수치스러운 골목으로 들어섰다. 화장한 여자 두 명이 지나가는 그를 비웃었다. 어두운 안뜰에서 욕설 소리와 주먹질 소리, 날카로운 비명이 이어졌으며, 젖은 현관 앞 계단에는 등이 굽은 가난하고 늙은 사람들이 웅크리고 있었다. 기이한 연민이 밀려들었다. 저들도 멸망이 예정된 죄악과 불행의 자식들일까? 자신처럼 참담한 공연의 꼭두각시에 불과할까?

하지만 그에게 더 큰 충격을 준 것은 고통의 수수께끼가 아니라 고통의 희극이었다. 그것의 절대적 무용성, 그것의 기괴한 의미 부재였다. 모든 것이 얼마나 앞뒤가 맞지 않는지! 얼마나 조화가 부족한지! 그는 그날의 경박한 낙관주의와 존재의 진실이 그토록 어긋나는 데 놀랐다. 그는 아직도 매우 젊었다.

얼마 후 그는 메릴본 교회 앞에 이르렀다. 고요한 도로는 윤을 낸 은띠처럼 길게 뻗어 있었고, 그 위로 흔들리는 그림자들은 검은 당초무늬를 이루며 어룽거렸다. 앞쪽 멀리로는 깜빡이는 가로등들이 서 있었고, 작은 집 담벼락 밖에는 마부가 잠든 이륜마차 한 대가 외로이 서 있었다. 그는 서둘러 포틀랜드 플레이스 쪽으로 가면서 누가 따라오기라도 하는 듯 주변을 둘러보았다. 리치 가 모퉁이에 이르렀을 때 두 남자가 게시판의 전단을 보고 있었다. 그는 이상한 호기심으로 그 게시판으로 다가갔다. 그랬더니 '살인'이라는 검은 글씨가 눈에 들어왔다. 그는 화들짝 놀라 얼굴이 확 달아올랐다. 그것은 중키에 30대의 나이, 중산모와 검은 코트, 체크 바지 차림에 오른쪽 뺨에 흉터가 있는 남자에 대한 정보를 알려 주면 포상한다는 현상 수배 전단이었다. 그는 그것을 읽고 또 읽으며 이 불쌍한 사람이 잡히게 될까, 흉터는 어쩌다 생겼을까 생각했다. 그러면서 어쩌면 자신의 이름도 런던 담벼락에 나붙을지 모른다고, 자신의 머리에도 현상금이 붙을지도 모른다고 생각했다.

그 생각은 엄청난 공포를 일으켰다. 그는 돌아서서 얼른 어둠 속으로 숨어들었다.

그는 자신이 어디로 가는지도 몰랐다. 불결한 주택가의 미로를 헤매고 거미집 같은 어두운 거리를 갈팡질팡한 기억이 희미하게 있었고, 마침내 피커딜리 서커스에 도착했을 때는 밝은 새벽이었다. 그는 자신의 집이 있는 벨그레이브 스퀘어로 걸어가다가 코벤트 가든*으로 가는 커다란 마차들과 마주쳤다. 유쾌하게 그을린 얼굴과 거친 곱슬머리에 흰 작업복을 입은 짐마차 꾼들이 육중하게 오가며 채찍을 휘두르고 이따금 서로를 소리쳐 불렀다. 쩔그렁거리는 말들의 선두에 선 커다란 회색 말의 등에는 낡은 모자에 앵초 한 줌을 꽂은 뚱뚱한 소년이 앉아 작은 손에 갈기를 꽉 움켜쥐고 웃었다. 아침 하늘 아래 높다랗게 쌓인 채소는 멋진 분홍 장미 꽃잎 앞에 놓인 옥색 구슬 더미 같았다. 아서 경은 기이하게 거기에 마음이 쓰였지만, 이유는 알 수 없었

...........................

❖ 당시 런던 최고의 과일 채소 시장.

다. 새벽의 섬세한 아름다움 속에는 말할 수 없이 처량해 보이는 것이 있었고, 그는 아름다움 속에 밝아서 폭풍 속에 지는 모든 날들을 생각했다. 거칠고 선량한 목소리에 태평한 태도를 지닌 이 시골뜨기들은 얼마나 다른 런던을 보는가! 밤의 죄악과 한낮의 연기가 없는 런던, 핼쑥하고 유령 같은 도시, 황량한 무덤의 도시를! 그는 그들이 런던을 어떻게 생각할지, 그 화려함과 수치를, 그 격렬한 불꽃 빛깔의 기쁨과 지독한 허기를, 그것이 아침부터 저녁까지 만들고 손상시키는 것들을 약간이라도 알지 궁금했다. 아마도 그들에게 런던은 과일을 팔러 와서 길어야 몇 시간 머물다가 여전히 조용한 거리와 잠든 집들을 뒤로하고 떠나는 시장에 지나지 않을 것이다. 그는 그들의 모습을 보는 것이 즐거웠다. 그들은 무례했고, 징 박은 신발은 무거웠고, 걸음걸이는 어색했지만, 약간의 아르카디아*를 거느리고 왔다. 그는 그들이 자연과 함께 살고 자연이 그들에게 평화를 가르쳐 주었다고 느꼈다. 그리고 그들이 알지 못하는 모든 것에 부러움을 느꼈다.

그가 벨그레이브 스퀘어에 도착했을 때 하늘은 희미한 청색이었고, 새들이 정원에서 지저귀기 시작했다.

......................................

❖ 그리스 신화 속의 낙원.

# III

아서 경이 잠을 깬 것은 12시였고, 한낮의 햇빛은 방을 두른 상앗빛 실크 커튼 안으로 쏟아져 들어왔다. 뜨거운 아지랑이가 도시 위로 피어올랐고, 집집의 지붕은 광택 잃은 은빛 같았다. 집 바깥 광장의 팔랑이는 초록빛 속에 아이들 몇이 흰 나비처럼 팔랑거리며 뛰어 다녔고, 보도는 하이드 파크로 가는 행렬로 북적였다. 그에게 인생이 이토록 사랑스러워 보인 적이 없었고, 사악함이 이토록 멀어 보인 적도 없었다.

그때 시종이 쟁반에 초콜릿 음료를 담아 가지고 왔다. 그는 그것을 마신 뒤 복숭앗빛 플러시 천으로 만든 무거운 휘장을 젖히고 욕실로 갔다. 천장의 검고 투명한 마노 판을 뚫고 부드럽게 빛이 새어 들어왔고, 대리석 욕조의 물은 월석처럼 아른거렸다. 그는 얼른 욕조로 들어가서 서늘한 물에 목과 머리카락을 적셨다가 부끄러운 기억의 얼룩을 지우려는 듯 머리를 물속에 담갔다. 욕실에서 나왔을 때 그의 마음은 거의 평온하기까지 했다. 섬세한 바탕의 사람들이 흔히 그렇듯이, 그 순간은 개운해진 육체적 상태가 그를 지배했다. 감각은 불과 마찬가지로 파괴하는 한편으로 정화도 하기 때문이다.

그는 조식 후에 소파에 몸을 던지고 담배에 불을 붙였다. 벽난로 선반에는 고풍스런 브로케이드로 테두리를 두른 시빌 머턴의 커다란 사진이 놓여 있었다. 그가 노얼 부인의 무도회에서 처음 보았을 때의 모습이었다. 작고 섬세한 머리는 갈대처럼 가는 목으로는 그렇게 큰 아름다움을 감당할 수 없다는 듯 옆으로 살짝 기울어져 있었다. 살짝 벌린 입술은 달콤한 음악을 위해 만들어진 것 같았고, 꿈꾸는 듯한 두 눈은 젊은 처녀의 순수함과 호기심으로 세상을 내다보고 있었다. 몸에 붙는 부드러운 크레프 드신 실크 드레스를 입고, 나뭇잎 모양의 큼직한 부채를 든 그녀는 그리스 타나그라 근처 올리브 숲에서 나온 작고 섬세한 조각상 같았고, 그 자세와 태도는 그리스인처럼 우아했다. 하지만 그녀의 체구는 작지 않았다. 그저 균형이 완벽하게 잡힌 것이다. 많은 여자가 과도하게 크거나 왜소한 시대에 그것은 아주 희귀한 일이었다.

그녀를 바라보자니, 아서 경의 가슴에는 사랑에서 기인하는 참담한 연민이 차올랐다. 이렇게 살인을 저지를 운명으로 그녀와 결혼하는 것은 유다와 다를 바 없는 배신, 체사레 보르자❖가 꿈꾼 어떤 죄악보다도 나쁜 것이라고 느꼈다. 그가 자기 손에 적힌 섬뜩한 예언을 언제 실행할지 모르는데 두 사람이 어떻게 행복을 누릴 수 있다는 말인가? 운명의 저울에 이토록 무시무시한 예언이 얹혀 있는데, 두 사람이 어떤 인생을 살 수 있다는 말인

................................

❖ 교황 알렉산데르 6세의 아들로 냉혹하고 잔인한 행동으로 유명하며, 마키아벨리가 쓴 《군주론》의 모델이라고 알려졌다.

가? 무슨 일이 있어도 결혼을 미루어야 한다고 그는 확고하게 결심했다. 약혼녀에 대한 사랑은 뜨겁고, 둘이 함께 있을 때 그녀의 손가락만 닿아도 온몸의 신경이 정묘한 기쁨에 바르르 떨리지만, 그는 자신의 의무를 분명히 알았고 살인을 저지르기 전까지는 결혼할 권리가 없다는 사실을 똑똑히 인식했다. 그 일이 이루어지면 그는 악행을 저지를 두려움 없이 시빌 머턴과 함께 결혼의 제단으로 나아갈 수 있었다. 그 일이 이루어지면 그녀가 자신으로 인해 얼굴을 붉히고 고개를 숙일 일은 없을 것이다. 그녀를 품에 안고 자신의 인생을 그녀의 손에 줄 수 있을 것이다. 그러기 위해 먼저 그 일을 해야 했다. 가능한 한 빨리 하는 것이 두 사람 모두에게 좋았다.

그와 같은 지위의 남자들은 가파른 의무의 언덕보다는 환락과 유희의 꽃길을 선호했다. 하지만 아서 경의 염직함은 쾌락보다는 원칙을 따를 수밖에 없었다. 그의 사랑은 단순한 열정 이상이었고, 시빌은 그에게 선량하고 고귀한 모든 것의 상징이었다. 그는 자신이 해야 할 일에 잠시 반감도 느꼈지만 그것은 곧 사라졌다. 그의 심장은 그것은 죄악이 아니라 희생이라고 일렀다. 그의 이성은 다른 길은 없다고 말했다. 그는 자신을 위해 사는 것과 다른 사람을 위해 사는 것 사이에 선택을 해야 했고, 그 앞에 놓인 과제는 분명 끔찍했지만, 이기심이 사랑을 이기게 할 수는 없었다. 인간은 모두 아서 경과 같은 갈림길에 언젠가는 서게 된다. 하지만 아서 경은 인생 초기에, 그러니까 본바탕이 중년의 냉소주의로 망가지고, 심장이 얄팍하고 겉멋 든 이기주의에 부식되기 전에 그 갈림길에 섰고, 그는 의무를 실행하는 데 아무런 망설임을 느끼지 않았다. 그리고 다행스럽게도 그는 몽상가나 한가로운 딜레탕트가 아니었다. 그랬다면 그는 햄릿처럼 망설이다가 우유부단함에 의지를 희생시켰을 것이다. 하지만 그는 본디 실용적이었다. 그에게 인생이란 사유보다 행동을 의미했다. 그에게는 세상에서 가장 희귀한 것, 상식이 있었다.

지난밤의 격렬하고 혼탁했던 감정은 완전히 사라졌고, 들끓는 고통 속에 미친 듯 거리를 쏘다녔던 일은 돌이켜 보니 수치스러웠다. 그 강렬했던 고통이 이제는 비현실적으로 느껴졌다. 자신이 불가피한 것을 두고 소리치며 한탄할 만큼 어리석었다는 사실이 믿어지지 않았다. 이제 남은 유일한 문제는 누구를 처치해야 하는가였다. 살인은 이교도의 종교처럼 사제뿐 아니라 희생자도 필요하다는 것을 그는 알고 있었다. 그러나 그는 이렇다 할 적이 없었고, 지금이 어떤 개인적 원한이나 혐오를 실현할 때도 아닌 것 같았다. 그에게 닥친 임무는 중대하고도 엄숙한 일이었기 때문이다. 그래서 그는 종이에 친구와 친척의 이름을 죽 적고 꼼꼼히 검토한 뒤, 커즌 가에 사는 모계 6촌 클레멘티나 뷰챔프 부인에게 호의를 베풀기로 결정했다. 그는 사람들이 클렘 부인이라고 부르는 이 노부인을 예전부터 좋아했다. 또 그는 성년이 되면서 러그비 경의 막대한 재산을 상속했기에 부인의 죽음으로 천박한 금전적 이득을 취할 가능성도 없었다. 생각하면 할수록 그 부인이 최적의 대상으로 여겨졌고, 약간이라도 머뭇거리는 것은 시빌에게 부당한 처사라는 생각이 들어서 그는 당장일에 착수하기로 결심했다.

가장 먼저 할 일은 물론 수상술사에게 돈을 지불하는 것이었다. 그는 창가의 작은 탁자에 앉아 셉티무스 포저스 씨 앞으로 105파운드 수표를 써서 봉투에 넣은 뒤 시종에게 웨스트 문 가에 전달하라고 지시했다. 그런 뒤 마차를 보관하는 마구간에 전화를 걸어 두고 외출복으로 갈아입었다. 그는 방을 나가면서 시빌 머턴의 사진을 돌아보며, 자신이 그녀를 위해 하는 이 일은 무슨 일이 있더라도 그녀가 몰라야 하고, 자신의 희생은 영원히 심장 속에 감추어 두겠다고 맹세했다.

버킹엄 클럽으로 가는 길에 그는 꽃집에 들러 시빌에게 아름다운 수선화 바구니를 보냈다. 하얀 꽃잎 가운데 부리부리한 눈무늬가 박힌 것이었다. 클럽에 도착해서는 곧바로 서재로 가서 종을 울려 급사에게 레몬 소다수와 독성학 책을 주문했다. 이 골치 아픈 문제를 해결하는 최선의 수단은 독약이었다. 폭력 같은 것은 너무도 혐오스러웠고, 게다가 클레멘티나 부인의 살해가 어떤 식으로건 대중의 이목을 끄는 것은 원치 않았다. 윈더미어 부인 집에서 사자 취급을 받거나 저속한 사교계 신문에 이름이 오르내리는 것이 싫었기 때문이다. 그는 시빌의 부모님도 생각해야 했다. 그분들은 구식이라서 약간의 사회적 물의만 생겨도 결혼에 반대할 수 있었다. 물론 자신이 사건의 전모를 말해 주면 그분들은 누구보다 먼저 그를 이해해 줄 게 분명했다. 그래서 독약을 선택할 이유는 충분하고도 넘쳤다. 그것은 안전하고 확실하고 조용한 방법이었다. 또한 그 역시 대부분의 영국인과 마찬가지로 혐오스러운 장면을 만들고 싶지 않았다.

하지만 독성 물질에 대해서 그는 아는 것이 전혀 없었다. 급사가 서재에서 러프의 《안내서》와 베일리의 《잡지》 정도밖에 구하지 못하자, 직접 서가를 뒤져서 묵직한 장정의 《약전藥典》과 매슈 레이드 경이 편집한 어스킨의 《독성학》을 발견했다. 매슈 레이드 경은 왕립 의과대학 학장이자 버킹엄 클럽의 창립 회원이었는데, 그것은 사람들이 그를 다른 사람으로 착각한 결과였다. 위원회는 이 사고에 크게 분노해서, 나중에 본래의 사람이 나타났을 때 만장일치로 그의 회원 가입에 반대했다. 아서 경은 두 책에 나오는 전문 용어에 매우 당황했지만, 옥스퍼드 대학에 다닐 때 고전어 공부에 좀 더 신경을 써 둘걸 그랬다고 후회하려는 순간, 어스킨의 책 2권에서 아코니틴*에 대한 흥미롭고도 완전한 설명이 명확한 영어로 쓰인 것을 발견했다. 그것은 그가 원하

........................................
❖ 미나리아재빗과 식물에 함유된 독소.

는 바로 그 독약 같았다. 그것은 빠르고…… 효과가 거의 즉각적이었다. 매슈 경의 말 대로라면 그것은 고통이 없으며 젤라틴 캡슐 형태여서 먹기에도 힘들지 않았다. 그는 소맷부리에 살상에 필요한 분량을 메모하고, 책을 본래 자리에 가져다 놓은 뒤 세인트 제임스 가를 걸어 유명한 페슬 앤드 험비스 약국으로 갔다. 귀족들 개개인을 빠짐없이 돌보는 페슬 씨는 아서 경의 주문에 상당히 놀라더니, 진단서가 필요하다고 조심스럽게 말했다. 하지만 아서 경이 노르웨이 마스티프 맹견 한 마리가 광견병 초기 징후를 보이고 있으며 벌써 마부의 정강이를 두 번이나 물었다고 말하자, 그렇다면 됐다고 하고는 독성 물질에 대한 아서 경의 지식을 칭찬하며 즉시 독약을 조제해 주었다.

아서 경은 그 캡슐을 본드 가의 상점 창문에서 본 작은 은제 봉봉 사탕 그릇에 넣고, 페슬 앤드 험비스의 볼품없는 약통을 버린 뒤 곧바로 클레멘티나 부인의 집으로 갔다.

"이 나쁜 친구!" 그가 방에 들어서자 노부인이 소리쳤다. "요즘 왜 이렇게 보기가 힘들어?"

"클렘 부인, 그간 너무 경황이 없어서요." 아서 경이 웃으며 말했다.

"하루 종일 시빌 머턴 양이랑 시폰 옷을 사고 바보 같은 이야기를 하느라고 바쁘다는 거지? 사람들이 결혼에 왜 그렇게 호들갑을 떠는지 당최 모르겠어. 우리 시절에는 사람들 앞에서 다정하게 구는 건 꿈도 못 꿨어. 하긴 둘만 있을 때도 그랬지만."

"지난 24시간 동안은 시빌을 만나지 않았습니다. 클렘 부인. 시빌은 아마 지금 모자점에 붙들려 있을 겁니다."

"그렇겠지. 안 그러면 왜 자네가 나처럼 못생긴 늙은이를 보러 왔겠나. 남자들은 경계할 줄을 모르는 것 같아. 예전에 남자들은 나한테 미쳤었지. 하지만 지금 나는 못생긴 얼굴에 성질은 더럽고 류머티즘까지 앓는 가련한 늙은이지. 잰슨 부인이 형편없는 프랑스 소설을 보내 주지 않는다면 하루도 지내지 못할 거야. 의사들은 돈만 잡아먹고 아무 소용도 없어. 내 가슴앓이조차 치료하지 못한다니까."

"여기 제가 특효약을 가지고 왔습니다, 클렘 부인." 아서 경이 진지하게 말했다. "아주 효과가 뛰어난데 미국에서 발명된 거랍니다."

"나는 미국 발명품이 싫어, 아서. 정말이야. 요새 미국 소설을 몇 편 읽었는데 한심하기가 이를 데 없더군."

"하지만 이 약은 한심하지 않습니다, 클렘 부인! 완벽하게 치료해 드릴 겁니다. 꼭 드신다고 약속해 주세요." 그러고는 아서 경은 주머니에서 작은 상자를 꺼내서 부인에게 건넸다.

"아, 상자가 예쁘군, 아서. 이게 정말 선물인가? 고맙기도 해라. 이게 그렇게 용하다고? 그냥 봉봉 사탕 같은데. 지금 당장 먹어 보지."

"안 됩니다! 클렘 부인." 아서 경이 부인의 손을 잡고 소리쳤다. "그러지 마세요. 이 약은 동종 요법 약이에요. 가슴앓이가 없을 때 드시면 큰일 나요. 가슴이 다시 아플 때까지 기다렸다가 그때 드세요. 그러면 놀라운 효과를 보실 겁니다."

"지금 먹고 싶은데." 클레멘티나 부인이 액체 아코니틴 거품이 보글거리는 작고 투명한 캡슐을 들고 말했다. "아주 맛이 좋아 보여. 사실 내가 의사는 싫어하지만 약은 좋아하거든. 하지만 다음번에 가슴앓이가 올 때까지 기다리지."

"그때가 언제일까요?" 아서 경이 뜨거운 관심을 담아 물었다. "금방일까요?"

"일주일은 넘기를 바라야지. 어제 아침 그것 때문에 아주 괴로웠거든. 하지만 확실히 알 수는 없어."

"그러면 이달 안에는 분명히 가슴앓이가 다시 오겠네요."

"그럴 거야. 아서, 자네 오늘 정말로 늙은이를 살뜰하게 살펴주는군. 시빌이 자네한테 좋은 영향을 끼쳤구먼. 하지만 이제 물러가 주게. 쑥덕공론 같은 건 하지 않는 재미없는 사람들이랑 정찬 약속이 있거든. 지금 잠을 자두지 않으면 정찬 때 눈을 뜨고 있지 못할 거야. 잘 가게, 아서. 시빌에게 안부 전해 주고. 미국제 약 정말 고마워."

"절대 잊지 않고 드실 거죠, 클렘 부인?" 아서 경이 자리에서 일어나며 말했다.

"걱정할 거 없어, 바보 같은 친구야. 생각해 주니 고맙고, 앞으로 더 필요하게 되면 편지로 알려 주겠네."

아서 경은 유쾌한 기분과 크나큰 안도감에 싸여 그 집을 떠났다.

그날 밤 그는 시빌 머턴을 만났다. 그녀에게 자신이 갑자기 큰 곤란에 빠졌으며, 명예와 의무를 위해서라도 그 일을 해결해야 한다고 말했다. 그 고통스러운 난관을 해결하기 전까지는 자신이 자유인이 아니기 때문에 당분간 결혼을 미루어야 한다면서. 그는 자신을 믿어 달라고, 미래에 대해 아무것도 의심하지 말라고 호소했다. 모든 일이 잘 해결될 테니 인내심을 가져 달라고 말했다.

이 대화가 벌어진 곳은 파크 레인의 머턴 씨 집, 즉 시빌의 집 온실이었고 아서 경은 평소처럼 그 집에서 정찬을 했다. 시빌은 전에 없이 행복해 보였다. 그래서 아서 경은 클레멘티나 부인에게 당장 약을 먹으라는 편지를 보낸 후, 이 세상에 포저스 같은 사람은 없다고 여기며 결혼을 진행시킬까 하는 비겁한 유혹에 시달리기도 했다. 하지만 그의 이성은 곧 그런 유혹을 눌렀고, 시빌이 눈물을 흘리며 그의 품에 뛰어들 때도 그는 흔들리지 않았다. 그의 감각을 일깨운 그녀의 아름다움이 그의 양심도 감동시켰다. 그는 몇 달의 즐거움을 위해 이토록 아름다운 생명을 파괴하는 것은 잘못된 일이라고 느꼈다.

그는 거의 자정까지 시빌 곁에 머물며 그녀를 위로하고 자신도 위로받았으며, 다음 날 아침 일찍 머턴 씨에게 결혼을 미루겠다는 편지를 쓰고 베네치아로 떠났다.


## IV

　베네치아에서 그는 동생 서비턴 경을 만났다. 동생은 코르푸 섬에서 요트를 타고 먼저 와서 형을 기다리고 있었다. 두 젊은이는 2주를 함께 즐겁게 보냈다. 아침에는 리도 섬에 가거나 검고 길쭉한 곤돌라를 타고 초록빛 운하를 누볐다. 오후에는 요트에 손님을 태우고 놀았다. 저녁이면 플로리안 카페에서 식사를 하고 산마르코 광장에서 담배를 수도 없이 태웠다. 그래도 어쩐 일인지 아서 경은 행복하지 않았다. 그는 날마다 《타임스》지의 부고란을 살펴보았지만 날마다 실망했다. 클레멘티나 부인에게 무슨 일이 일어난 건지 걱정이 되기 시작했고, 부인이 아코니틴의 효과를 실험해 보고 싶어 할 때 바로 먹게 하지 않은 것을 후회했다. 사랑과 믿음과 애정이 가득한 시빌의 편지도 슬픈 어조를 띨 때가 많았다. 그는 이따금 그녀와 영원히 이별한 것 같다는 생각이 들었다.

　2주 뒤에 동생 서비턴 경은 베네치아가 지겨워졌다며 해안을 타고 라벤나까지 가자고 했다. 피네툼에 최고의 사냥터가 있다는 말을 들었다면서. 아서 경은 처음에는 같이 가지 않겠다고 했지만, 그가 아주 좋아하는 동생이 다니엘리 호텔에서 혼자 계속 지내다가는 죽을 듯이 우울해질 거라고 설득하자 마침내 15일 아침 강한 북동풍을 등지고 약간 거친 바다로 출항했다. 항해는 훌륭했고, 거침없는 야외 활동은 아서 경의 뺨에 생기를 되찾아 주었다. 하지만 22일 정도가 되자, 그는 클레멘티나 부인이 못내 걱정되어서 동생을 뿌리치고 기차 편으로 베네치아에 돌아왔다.

곤돌라에서 내려 호텔 계단을 오르는데 호텔 주인이 전보 한 묶음을 들고 나와서 그를 맞았다. 아서 경은 전보를 낚아채서 얼른 열어 보았다. 모든 일이 잘 되어 있었다. 클레멘티나 부인이 17일 밤에 갑자기 죽은 것이었다!

그는 시빌이 가장 먼저 생각났고, 그녀에게 런던으로 당장 돌아가겠다는 전보를 보냈다. 그런 뒤 시종에게 오늘 밤 당장 우편물 수송선을 탈 수 있도록 준비하라고 하고는 곤돌라 사공에게 요금의 다섯 배를 지불했다. 그러고는 가벼운 발걸음과 뛰는 가슴으로 자신의 거실로 뛰어 올라갔다. 세 통의 편지가 기다리고 있었다. 한 통은 연민과 애도를 담은 시빌의 편지였다. 나머지는 어머니와 클레멘티나 부인의 변호사가 보낸 것이었다. 노부인은 그를 만난 바로 그날 저녁 페이즐리 공작 부인과 식사를 하며 재치와 활기로 모든 사람을 즐겁게 한 뒤, 가슴앓이가 시작된다며 집에 일찍 간 모양이었다. 다음 날 아침 부인은 죽은 채로 발견되었는데 고통의 흔적은 없었다. 의사 매슈 레이드 경이 즉시 불려 왔지만 그가 할 수 있는 일은 아무것도 없었고, 부인은 22일에 뷰챔프 찰콧에 묻혔다. 부인은 죽기 며칠 전에 유서를 작성해 놓았다. 동생 마거릿 러퍼드 부인에게 남긴 소형 초상화 컬렉션과 시빌 머턴에게 남긴 자수정 목걸이를 빼고는 가구, 개인 물품, 그림 모두를 커즌 가에 있는 작은 집과 함께 아서에게 남겼다. 대단한 재산은 아니었지만, 변호사 맨스필드 씨는 지불해야 할 청구서가 많은 데다 클레멘티나 부인이 장부 정리를 제대로 한 적이 없으니, 아서 경이 가능한 한 빨리 돌아와 주면 좋겠다고 간절히 적고 있었다.

아서 경은 클레멘티나 부인의 따뜻한 처사에 깊은 감동을 받았고, 포저스 씨의 공이 크다고 느꼈다. 하지만 그 어떤 감정보다 큰 것은 시빌에 대한 사랑이었으며, 의무를 다했다는 생각에 평화와 위안을 느꼈다. 채링 크로스 역에 도착했을 때 그는 더없이 행복했다.

머턴 일가가 다정하게 그를 맞았고, 그는 시빌의 부탁에 따라 다시는 어떤 일도 둘 사이를 방해하지 못하게 하겠노라고 약속했다. 그리고 6월 7일로 결혼 날짜를 잡았다. 그의 인생은 다시 한 번 밝고 아름다워졌고 예전의 모든 기쁨이 되돌아왔다.

어느 날 그가 클레멘티나 부인의 변호사와 시빌과 함께 커즌 가의 집에 가서 낡은 편지들을 태우고 서랍 속 잡동사니를 치우고 있을 때, 시빌이 기쁨의 탄성을 질렀다.

"뭔가요, 시빌?" 아서 경이 고개를 들고 미소 띤 얼굴로 물었다.

"이 은제 봉봉 그릇, 정말 예쁘지 않아요? 고풍스러운 네덜란드 풍이네요. 이거 내가 가지면 안 될까요? 자수정 목걸이는 내가 여든 살이 넘어야 어울릴 거예요."

그것은 그가 아코니틴을 담아 온 상자였다.

아서 경은 깜짝 놀라서 얼굴을 살짝 붉혔다. 그는 자신이 한 일, 그 끔찍한 불안을 겪으며 시빌을 지키려고 감행한 그 일을, 그녀가 처음으로 상기시켜 주었다는 사실이 기이하게 느껴졌다.

"물론 가져도 되죠, 시빌. 내가 부인께 드린 거니까."

"고마워요, 아서. 봉봉도 가져도 되죠? 클레멘티나 부인이 사탕을 좋아하시는 줄은 몰랐어요. 아주 지적인 분이라서요."

"거기 봉봉이 있다고요?" 그가 느리고 갈라진 목소리로 물었다.

"안에 하나 들어 있어요. 오래된 것 같고 먼지가 끼어서 먹고 싶은 생각은 들지 않지만요. 그런데 왜 그래요, 아서? 얼굴이 너무 창백해요!"

아서 경은 시빌에게 달려가 상자를 움켜잡았다. 그 안에는 독 거품을 담은 호박색 캡슐이 들어 있었다. 그렇다면 클레멘티나 부인은 자연사한 것이었다!

그 충격은 그가 감당할 수 있는 수준이 아니었다. 그는 캡슐을 불에 던져 넣고 절망의 외침을 내지르며 소파에 주저앉았다.

# V

머턴 씨는 결혼식이 두 번째로 연기되자 깊이 상심했고, 벌써 결혼식 드레스를 주문한 줄리아 부인은 차라리 혼약을 깨라고 딸을 설득했다. 시빌은 어머니를 사랑했지만 이미 자신의 인생을 아서 경에게 건 상태였기에 줄리아 부인이 무슨 말을 해도 아서 경에 대한 믿음을 저버리지 않았다. 아서 경은 여러 달 동안 충격에 휩싸여 신경이 마비될 지경이었다. 하지만 그는 다시 기력을 되찾았고, 그의 건전하고 실용적인 정신은 다음번 할 일이 무엇인지 오래도록 고민하지 않았다. 독약이 실패로 드러났으니, 다이너마이트나 다른 형태의 폭약을 시도하는 것이 가장 적절할 것 같았다.

그래서 그는 다시 친구와 친척들을 목록으로 죽 적어 보고 숙부인 치체스터 부감독을 폭살하기로 결심했다. 교양과 학식이 뛰어난 치체스터 부감독은 시계를 아주 좋아해서 15세기에서 오늘날에 이르는 온갖 시계를 수집하고 있었다. 아서 경은 부감독의 이러한 취미에 자신의 계획을 실행할 답이 있다고 판단했다. 시계에 설치할 폭발 기계를 구해야 했다. 런던 전화번호부에는 그와 관련된 정보는 전혀 나오지 않았고, 런던 경찰청에 가도 별 도움이 되지 않을 것 같았다. 경찰들은 폭발 사건이 발생하기 전이나 후나, 폭발을 일으키는 인물들에 대해서는 잘 알지 못하는 것 같았기 때문이다.

그는 불현듯 친구 루발로프가 생각났다. 그는 혁명적 성향의 러시아 청년으로, 겨울에 윈더미어 부인의 집에서 처음 만났다. 그는 표트르 대제의 전기를 집필하던 중 대제가 선박 목수로 영국에서 지냈던 시절의 자료를 얻기 위해 영국에 왔다고 했다. 하지만 그는 니힐리스트 운동에 발을 담그고 있어서 러시아 대사관도 그의 런던 체류를 반기지 않고 있었다. 아서 경은 그가 목적에 딱 맞는 사람이라고 느끼고는 어느 날 아침 그가 사는 블룸스베리의 숙소로 갔다.

"아서 경은 정치를 진지하게 여기고 계셨군요?" 아서 경이 찾아온 이유를 말하자 루발로프 백작이 말했다. 하지만 아서 경은 자신은 사회적 문제에는 아무 관심이 없고, 순전히 가족적인 문제로 폭발 기계를 원한다고 순순히 고백했다.

루발로프 백작은 한동안 놀란 눈으로 그를 보았지만, 그가 매우 진지한 것을 보고는 주소와 자기 이름의 머리글자를 적은 종이를 탁자 위로 건넸다.

"런던 경찰청에 이 주소를 알려 주시면 후한 대가를 받으실 겁니다, 아서 경."

"그런 일은 절대 없을 겁니다." 아서 경이 웃으며 힘주어 말했다. 그런 뒤 그는 러시아 청년과 따뜻한 악수를 나누고 아래층으로 달려 내려가서는 쪽지를 펼쳐 보고 마부에게 소호 스퀘어로 가라고 지시했다.

거기서 그는 마부를 돌려보내고 그리크 가를 걸어 베일스 코트라는 곳에 도착했다. 거기서 아치문을 지나니 신기하게 생긴 막다른 골목이 나타났다. 겉에서 보기엔 프랑스식 세탁소 같았다. 집에서 집으로 빨랫줄이 그물처럼 뻗어 있었고, 흰 리넨 천들이 아침 공기에 퍼덕거렸다. 그는 골목 끝까지 가서 작은 녹색 집의 문을 두드렸다. 기다리는 동안 안뜰의 모든 창문에 사람들 얼굴이 옹기종기 나타났다. 잠시 뒤 약간 거칠게 생긴 외국인이 문을 열더니 그에게 형편없는 영어로 무슨 일로 왔느냐고 물었다. 아서 경은 그에게 루발로프 백작의 쪽지를 보여 주었다. 남자는 그것을 보자 허리를 굽혀 인사하고 아서 경을 일층에 있는 누추한 응접실로 맞아들였다. 잠시 후 영국에서 헤어 빙켈코프라는 이름으로 통하는 남자가 포도주 자국이 얼룩덜룩한 냅킨을 목에 두르고 왼손에는 포크를 든 채 떠들썩하게 들어왔다.

"루발로프 백작께서 소개해 주셨습니다." 아서 경이 허리를 굽혀 인사했다. "사업차 잠시 이야기를 나누었으면 합니다. 제 이름은 스미스입니다. 로버트 스미스요. 폭발용 시계를 하나 구하고 싶습니다."

"만나서 반갑습니다. 아서 경." 작은 체구의 다정한 독일인이 웃으며 말했다. "제가 당신을 안다고 놀라지 마세요. 저는 모든 사람을 알 의무가 있으니까요. 그리고 윈더미어 부인 댁에서 한 번 본 기억도 있고요. 부인은 잘 지내시겠죠? 제가 식사하는 동안 식탁에 동석해 주실 수 있는지요? 훌륭한 파테(고기 파이)가 있고, 제 친구들은 우리 집의 라인 포도주가 독일 대사관의 것보다 훌륭하다고 칭찬한답니다." 아서 경은 정체를 들킨 놀라움을 다스릴 겨를도 없이, 그와 함께 뒷방으로 가서 달콤한 마르코브뢴 산 포도주를 제국의 모노그램이 찍힌 미색 술잔에 따라 마시며 이 유명한 음모가와 더없이 다정하게 이야기를 나누게 되었다.

"폭발 시계는," 헤어 빙켈코프가 말했다. "외국에서 잘 들여오지 않습니다. 세관을 통과한다고 해도 철도 운행이 불규칙해서 대개 목적지에 도착하기 전에 폭발해 버리거든요. 하지만 가정에서 쓰실 목적이라면 쓸 만한 놈을 하나 구해 드릴 수 있습니다. 누구에게 쓰실 건지 여쭈어도 될까요? 경찰이나 런던 경찰청과 관계된 사람이라면, 죄송하게도 도움을 드릴 수 없습니다. 영국 형사들은 우리에게 어찌나 친절한지, 그들의 어리석음에 의존하면 우리는 원하는 것을 다 해낼 수 있답니다. 그들은 한 명한 명이 다 소중합니다."

"걱정하실 것 없습니다." 아서 경이 말했다. "경찰과는 아무 상관없습니다. 제가 그 시계를 쓰고자 하는 사람은 치체스터 부감독입니다."

"이런! 아서 경이 종교에 그렇게 강한 반감을 가지셨는지 몰랐습니다. 요즘 그런 젊은이는 아주 드물죠."

"그건 저를 너무 높이 보신 말씀입니다, 헤어 빙켈로프." 아서 경이 얼굴을 붉히며 말했다. "저는 신학에 대해서는 아무것도 모릅니다."

"그러면 순전히 사적인 문제입니까?"

"순전히 사적인 문제입니다."

헤어 빙켈코프는 어깨를 으쓱하고 방을 나갔다가 잠시 후 1펜스 동전만 한 동글납작한 폭약과 자유의 여신이 폭정의 히드라를 밟고 선 도금 조각상 위에 작고 예쁜 프랑스제 시계가 얹힌 것을 가지고 돌아왔다.

그것을 보자 아서 경은 얼굴이 밝아져서 소리쳤다. "바로 제가 원하는 것입니다. 이게 언제 폭발할지 말씀해 주세요."

"아! 제 비밀 기법이 있습니다." 헤어 빙켈코프가 자부심이 가득한 눈길로 자신의 발명품을 바라보며 대답했다. "폭발을 원하는 때를 말씀해 주시면, 제가 그에 맞추어 기계를 조작하겠습니다."

"오늘이 화요일이고, 지금 당장 발송해 주시면……."

"그건 안 됩니다. 오늘은 모스크바의 친구들을 위해 해야 할 중요한 일이 많습니다. 그래도 아마 내일은 발송할 수 있을 것 같습니다."

"아, 시간은 충분합니다!" 아서 경이 예의 바르게 말했다. "내일 밤이나 목요일 오전에만 배달되면 됩니다. 폭발 시각은 정확히 금요일 정오로 하죠. 부감독은 그 시간에 늘 집에 계시니까요."

"금요일 정오." 헤어 빙켈코프가 읊조리고, 벽난로 옆 책상에 놓인 커다란 장부에 메모를 했다.

"그러면 이제," 아서 경이 자리에서 일어나며 말했다. "제가 얼마를 드려야 할지 말씀해 주십시오."

"이건 아주 간단한 일이기 때문에 돈은 전혀 받지 않겠습니다. 다이너마이트는 7파운드 6펜스고, 시계는 3파운드 10펜스일 거고, 배송료는 5실링 정도일 겁니다. 저는 루발로프 백작의 친구분을 도울 수 있다는 것이 즐거울 뿐입니다."

"하지만 수고료는 받으셔야죠."

"아, 아무것도 필요 없습니다! 제 즐거움입니다. 저는 돈 때문에 일하지 않고, 온전히 제 기술을 위해서 삽니다."

아서 경은 4파운드 2실링 6펜스를 식탁에 내려놓고 독일인의 친절에 감사한 뒤, 토요일 오후 무정부주의자들의 차 모임에 오라는 초청을 성공적으로 거절하고 그 집을 나와 하이드 파크로 향했다.

그 뒤로 이틀을 그는 엄청난 흥분 속에서 지냈고, 금요일 12시에는 결과를 알기 위해 마차를 타고 버킹엄 클럽으로 갔다. 둔한 짐꾼은 오후 내내 전국 각지에서 오는 경마 결과와 이혼 소송 평결과 날씨 정보 등을 게시했고, 전신 테이프는 하원 심야 회기에 대한 지루한 소식과 증권 거래소의 소규모 급락 소식을 찍어

냈다. 4시가 되자 석간신문이 배달되었고, 아서 경은 《팰맬》과 《세인트 제임시즈》와 《글로브》와 《에코》를 들고 서재로 사라져서 굿차일드 대령의 분노를 샀다. 대령은 그날 아침 자신이 맨션하우스에서 남아프리카 선교회와 모든 대교구에 흑인 주교를 둘 필요성에 대해 연설한 것이 어떻게 보도되었는지 궁금했지만 무슨 이유에서인지 《이브닝 뉴스》에는 강력한 편견이 있었기 때문이다. 하지만 어떤 신문에도 치체스터 부감독에 대한 언급은 전혀 없어 아서 경은 계획이 실패했다고 느꼈다. 그는 한동안 얼이 빠져 있었다. 다음 날 헤어 빙켈코프를 찾아갔더니 그는 장황하게 사과하며 무료로 다른 시계를 만들어 주거나 실비만 받고 니트로글리세린 폭탄 상자를 만들어 주겠다고 했다. 하지만 아서 경은 폭약에 대한 믿음을 잃은 상태였다. 헤어 빙켈코프도 요즘에는 모든 것에 불순물이 많이 섞여서 다이너마이트마저 순수한 것이 드물다고 했다. 하지만 이 왜소한 독일인은 기계 장치의 결함은 인정하면서도 아직도 시계가 폭발할지 모른다는 희망을 버리지 않았다. 그가 오데사 사령관에게 보낸 기압계가 계획했던 열흘 뒤가 아니라 석 달가량 지나서야 터진 경우를 말해 주면서. 그것이 폭발했을 때 사령관은 이미 6주 전에 도시를 떠난 상태라 하녀 한 명을 산산이 흩어 버린 게 유일한 성과였지만, 적어도 다이너마이트의 파괴력은 확인할 수 있었다고 했다. 아서 경은 그 말에 약간 위로를 받고 돌아갔지만 얼마 후 그런 희망마저 사라져 버렸다. 이틀 뒤에 그가 이층에 올라갈 때 어머니가 그를 내실로 불러 방금 도착했다는 부감독 관구에서 온 편지를 보여 주었다.

"제인의 편지는 언제나 사랑스러워." 공작 부인이 말했다. "방금 온 이 편지를 읽어 보렴. 무디 순회도서관의 소설들만큼이나 재미있단다."

아서 경은 부인의 손에서 편지를 받았다. 편지는 다음과 같았다.

치체스터 감독관 관저
5월 27일


사랑하는 숙모님.

도르카 자선 협회용 플란넬 드레스를 보내 주신 데 감사드리고, 체크무늬 드레스도 감사드려요. 그 사람들이 예쁜 옷을 바라는 건 어처구니없는 일이라는 말씀, 요즘은 모두가 급진적이고 종교심도 없다는 말씀, 그 사람들이 상류사회 같은 옷차림을 바라는 건 잘못이라고 가르치기가 어렵다는 숙모님 말씀에 동감해요. 세상이 어떻게 되려고 이러는지 모르겠어요. 아버지가 자주 설교하시듯이 우리는 불신앙의 시대에 살고 있어요.

아버지를 존경하는 어떤 이름 모를 사람이 지난 목요일에 시계를 하나 보내서 우리를 아주 재미있게 했어요. 런던에서 나무 상자에 담겨 배송료 선지불 상태로 왔는데, 아버지는 아버지의 훌륭하신 설교 '면허가 자유인가?'를 읽고 감동받은 사람이 보냈을 거라고 말씀하세요. 시계 위에 어떤 여자 조각상이 있었는데, 머리에 아버지가 자유의 모자*라고 부르는 걸 쓰고 있었거든요. 제 눈에는 별로 잘 어울리는 것 같지 않았지만, 역사적인 거라는 아버지 말씀을 들으니 괜찮은 것 같아요. 파커가 포장을 풀자 아버지는 그걸 서재 벽난로 선반에 올려놓았고, 우리는 금요일 오전에 모두 서재에 있었어요. 그런데 시계가 12시를 칠 때 기이잉 소리가 나더니, 조각상 발판 부분에서 연기가 오르면서 자유의 여신이 툭 떨어지고 벽난로 앞 울타리에 부딪혀서 코가 깨졌어요! 마리아는 깜짝 놀랐지만, 너무 웃겨서 제임스하고 저는 미친 듯이 웃었고 아버지도 재미있어하셨어요. 살펴보니까 그게 일종의 자명종 시계였는데, 시각을 설정해 놓고 작은 망치 아래쪽 주머니에 폭약을 넣으면 원하는 시각에 폭발하게 되어 있었어요. 아버지가 시끄러우니 서재에 두면 안 되겠다고 해서 레지가 공부방으로 가져갔더니 거기서 하루 종일 조금씩 폭발했어요. 아서의 결혼 선물로 똑같은 걸 해주면 아서가 좋아할까요? 런던에서 유행인 모양이에요. 아버지는 이런 물건이 꽤 유용할 거라고 말씀하세요. 자유란 영속하지 못하고 반드시 무너진다는 걸 보여 준다고요. 아버지는 자유가 프랑스 혁명 때 만들어진 거

...........................

❖ 프랑스 혁명 때 급진파 자코뱅 당원들이 쓰던 모자.

라고 하시는데, 정말 끔찍한 것 같아요!

이제 도르카 협회에 가야겠어요. 거기서 사람들에게 숙모님이 보내신 유익한 편지를 읽어 줄 예정이에요. 그들의 사회적 지위에는 못난 옷을 입어야 한다는 숙모님 말씀은 얼마나 옳은지요. 이 세상과 다음 세상에 훨씬 더 중요한 일이 얼마나 많은데 그 사람들이 옷 문제에 그렇게 신경을 쓴다는 게 한심해요. 숙모님의 꽃무늬 포플린 드레스가 그렇게 예쁘게 만들어지고, 레이스도 찢어지지 않았다니 기뻐요. 저는 지금 숙모님이 수요일에 주교관에서 주신 노란 공단 드레스를 입고 있는데, 괜찮아 보여요. 리본을 드릴까요? 제닝스 말로는 요즘은 모두가 리본을 달고 속치마에도 프릴을 단다네요. 시계가 또 폭발했대요. 아버지는 시계를 마구간에 갖다 버리라고 하시고요. 시계가 처음만큼 마음에 드시지는 않는 것 같아요. 하지만 그렇게 예쁘고 신기한 장난감을 받은 일은 아주 유쾌해하시죠. 사람들이 아버지 설교를 읽고 거기서 교훈을 받았다는 뜻이니까요.

아버지가 안부 전해 달라고 말씀하세요. 제임스, 레지, 마리아의 안부도 함께 전합니다. 세실 숙부님의 통풍이 나으셨기를 바랍니다.


사랑하는 조카

제인 퍼시


추신. 리본에 대해 꼭 답을 주세요. 제닝스가 그게 유행이라고 자꾸 그래서요.

아서 경이 그 편지에 어쩌나 심각하고 우울한 표정이 되었는지 공작 부인은 크게 웃음을 터뜨렸다.

"아서." 부인이 소리쳤다. "다시는 너한테 젊은 아가씨 편지를 못 보여 주겠다! 하지만 그 시계 일은 뭐라고 말해야 할까? 정말 재미있는 발명품이고 나도 하나 있었으면 좋겠구나."

"별로 대단한 것 같지 않은데요." 아서 경이 슬픈 미소를 지으며 말하고 어머니에게 입을 맞춘 뒤 방을 나갔다.

위층에 올라가서 소파에 몸을 던지는 그의 두 눈에는 눈물이 가득했다. 그는 살인에 최선을 다했지만 두 번의 시도가 다 실패했고, 둘 다 자신의 잘못이 아니었다. 그는 의무를 다하고자 했지만 운명이 배신하는 것 같았다. 좋은 의도의 무익함, 고결해지려는 노력의 무용함이 그를 무겁게 내리눌렀다. 아마 결혼 자체를 깨는 것이 좋을지도 모른다. 시빌이 고통받을 것은 분명하지만 고통이 그녀처럼 고귀한 천성을 훼손하지는 못할 것이다. 자신은 상관할 바가 무엇이랴? 세상에는 언제나 남자가 죽을 수 있는 전쟁이 있고, 목숨을 바칠 수 있는 대의가 있다. 삶이 즐거움을 주지 못하니 죽음도 두렵지 않았다. 운명이여, 와서 나를 파멸시켜라. 내가 그 일을 돕지는 않을 것이다.

그는 7시 반에 옷을 갈아입고 클럽으로 갔다. 서비턴이 몇몇 젊은이들과 함께 거기 있어서 그들과 함께 정찬을 해야 했다. 그는 그들이 나누는 사소한 대화와 농담에 아무런 흥미가 없었고, 커피가 나오자마자 핑계를 하나 대서 그곳을 떠났다. 밖으로 나가는데 짐꾼이 편지를 한 통 건넸다. 헤어 빙켈코프가 다음 날 저녁에 와서 펼치는 순간 폭발하는 우산을 보라는 내용이었다. 최신 발명품으로 제네바에서 막 도착했다고 했다. 그는 편지를 갈기갈기 찢었다. 다시는 어떤 실험도 하지 않을 결심이었다. 그는 템스 강 제방에 가서 몇 시간 동안 강변에 앉아 있었다. 달이 황갈색 구름 갈기 사이로 사자 눈처럼 그를 내려다보았고, 헤아릴 수 없이 많은 별이 자줏빛 돔에 뿌린 금가루처럼 텅 빈 창공에서 금속 광택을 냈다. 이따금 혼탁한 강물 위로 평저선이 나타났다가 조수에 실려 사라졌고, 기차가 굉음을 내며 다리를 지나갈 때마다 철도 신호가 녹색에서 적색으로 바뀌었다. 시간이 얼마간 흐른 뒤 웨스트민스터의 높은 탑이 12시를 알렸고, 묵직한 종이 한 번씩 울릴 때마다 밤이 몸을 떠는 것 같았다. 그런 뒤 철로의 등이 꺼지면서 거대한 돛대에 걸린 램프 하나만이 큼직한 루비처럼 아른거렸고, 도시의 포효 소리도 희미해졌다.

그는 2시에 자리에서 일어나서 블랙프라이어스 쪽으로 걸어갔다. 모든 것이 어찌나 비현실적으로 보이던지! 어찌나 기이한 꿈같던지! 강 건너편 집들은 어둠으로 지은 것 같았다. 세상이 은과 그림자로 새롭게 빚어졌다고 해도 좋을 지경이었다. 세인트폴 교회의 거대한 지붕이 음울한 공중에 거품처럼 떠올랐다.

클레오파트라의 바늘*로 가던 중 그는 어떤 남자가 다리 난간 위로 허리를 굽히고 있는 것을 보았다. 그가 다가가는데 남자가 고개를 들었고 가스등 불빛이 그의 얼굴을 똑바로 비추었다.

그는 수상술사 포저스 씨였다! 살이 뒤룩뒤룩 찐 얼굴, 금테 안경, 창백하고 희미한 미소, 관능적인 입은 절대 착각할 수 없었다.

아서 경은 자리에 멈추었다. 훌륭한 생각이 머리를 스쳤고, 그는 포저스 씨의 등 뒤로 살그머니 다가갔다. 그리고 번개처럼 포저스 씨의 다리를 잡아서 그를 템스 강물로 던져 버렸다. 거친 욕설이 울리고, 무거운 첨벙 소리가 나더니 모든 것이 조용해졌다. 아서 경은 불안한 눈길로 강물을 내려다보았지만, 달빛 어린 강물의 소용돌이 속에 뱅글뱅글 맴도는 중산모를 빼면 포저스 씨의 흔적은 어디에도 보이지 않았다. 그는 일순 다리 옆 계단으로 그의 거대하고 일그러진 형체가 올라오는 것 같아서 암담한 절망감에 사로잡혔지만, 그것은 그저 물에 비친 그림자로 달이 구름 밖으로 나오자 사라졌다. 그는 드디어 운명의 명령을 실행한 것 같았고, 깊은 안도의 한숨을 쉬는 그의 입술에 시빌의 이름이 떠올랐다.

...........................
❖ 템스 강변의 오벨리스크.

"뭐 떨어뜨리셨습니까?" 뒤에서 갑자기 누가 물었다.

돌아보니 경관이 탐조 랜턴을 들고 있었다.

"별거 아닙니다, 경관님." 그는 그렇게 웃으며 대답하고는 지나가는 이륜마차를 세워서 타고 벨그레이브 스퀘어로 가자고 했다.

그 뒤로 며칠이 지나는 동안 그는 희망과 공포를 넘나들었다. 포저스 씨가 자기 방으로 성큼성큼 걸어 들어올 것 같은 순간들이 있었고, 운명이 자신을 그렇게 부당하게 대접할 수는 없다고 느낀 순간들도 있었다. 그는 웨스트 문 가에 있는 수상술사의 집 앞에 두 번을 갔지만, 종을 울릴 용기는 차마 나지 않았다. 그는 확실한 결과가 궁금했지만 그것이 두렵기도 했다.

그리고 마침내 그것이 왔다. 그가 클럽 흡연실에서 다과를 하면서 서비턴이 게이어티 극장의 마지막 희극 노래를 설명하는 걸 지루하게 듣고 있을 때, 급사가 석간신문을 가지고 들어왔다. 그는 《세인트 제임시즈》를 집어 들었고, 힘없이 신문을 넘기는데 이런 이상한 제목이 눈에 들어왔다.

수상술사 자살.

그는 흥분으로 얼굴이 창백해져서 기사를 읽었다. 내용은 다음과 같았다.

어제 아침 7시 무렵 유명 수상술사 셉티무스 R. 포저스 씨의 시신이 그리니치 강변의 십 호텔 앞에 휩쓸려 올라왔다. 포저스 씨는 며칠 전부터 행방이 묘연해서 수상술계에서는 그의 신변에 대해 많은 우려가 있었다. 포저스 씨는 과로에서 기인한 일시적 정신착란으로 자살한 것으로 보이며, 오늘 오후 검시 배심원이 그런 내용의 소견을 제출했다. 포저스 씨는 그동안 인간 손에 대한 논문에 심혈을 기울였는데, 최근에 완성된 이 논문이 곧 출간되면 세간의 많은 관심을 끌 것으로 예상된다. 포저스 씨는 향년 65세로 유족은 없는 것으로 보인다.

아서 경은 신문을 손에 든 채 클럽에서 달려 나가서 그를 막으려던 짐꾼을 놀라게 했고, 그런 뒤 곧장 파크 레인으로 마차를 몰았다. 시빌은 창가에서 그를 보자 좋은 소식이 있다는 것을 예감했다. 그래서 얼른 달려 내려가 그를 맞았고, 그의 얼굴을 보자 모든 일이 잘 되었다는 걸 알았다.

"사랑하는 시빌." 아서 경이 소리쳤다. "내일 결혼합시다!"

"말도 안 돼요! 케이크도 주문하지 않았잖아요!" 시빌이 눈물 속에 웃으며 말했다.

# VI

3주 후 결혼식이 치러진 세인트 피터스 교회는 화려한 상류
층 사람들로 북적였다. 예식은 치체스터 부감독이 엄숙하게 집
전했고, 모두가 이렇게 아름다운 신랑 신부는 처음이라고 입을
모았다. 그들은 아름다울 뿐 아니라 행복했다. 아서 경이 시빌을
위해 고난을 겪는 동안 그녀 또한 여자가 남자에게 줄 수 있는
최고의 것— 존경, 애정, 사랑 —을 주었고, 그 시간을 한순간도
후회하지 않았다. 그들에게 낭만은 현실의 손에 죽지 않았다. 그
들은 변함없이 젊음을 느꼈다.

그 뒤로 몇 년이 흘러 그들에게서 예쁜 아이가 두 명 태어났
을 때 윈더미어 부인이 앨턴 프라이어리를 방문했다. 유서 깊고
사랑스러운 그 집은 공작이 아들의 결혼 선물로 준 것이었다. 어
느 날 오후 윈더미어 부인이 정원 라임나무 아래 아서 부인과 함
께 앉아서 어린 아들과 딸이 장미 산책로에서 햇빛처럼 까불며
노는 모습을 보다가 문득 아서 부인의 팔을 잡고 물었다. "행복
해요, 시빌?"

"당연히 행복하죠. 부인은 행복하지 않으신가요?"

"행복할 시간이 없어요, 시빌. 나는 언제나 가장 최근에 소개
받은 사람을 좋아해요. 하지만 대개는 그 사람을 알게 되면 곧
진력이 나버려요."

"부인의 사자들은 만족스럽지 않나요, 윈더미어 부인?"

"사자들은 그저 한철용이에요. 갈기를 자르면 그렇게 한심한 게 없어요. 게다가 잘해 주면 얼마나 버릇없이 구는지 몰라요. 그 황당한 포저스 씨 기억해요? 완전히 사기꾼이었죠. 물론 전에는 그런 건 신경 쓰지 않았고 그 사람이 나한테 돈을 빌려 달라고 했을 때도 봐주었지만, 나한테 연애를 거는 건 참을 수 없었어요. 그 사람 때문에 수상술이 아주 싫어졌어요. 지금은 텔레파시에 빠졌답니다. 그게 훨씬 더 재미있어요."

"우리 집에서 수상술을 나쁘게 말하면 안 돼요, 윈더미어 부인. 아서가 다른 사람들이 절대 비웃지 못하게 하는 딱 하나가 바로 그거거든요. 아서는 그걸 아주 진지하게 여겨요."

"설마 그걸 믿는다는 건 아니겠지요, 시빌?"

"직접 물어보세요, 윈더미어 부인. 저기 오네요." 아서 경이 큼직한 노란 장미 꽃다발을 들고 정원을 걸어왔고, 두 아이가 아버지 곁에서 까불고 있었다.

"아서 경?"

"네, 윈더미어 부인."

"설마 수상술을 믿는다고 말씀하시지는 않겠죠?"

"아뇨, 믿습니다." 젊은이가 미소 짓고 말했다.

"왜요?"

"그게 제 인생의 모든 행복을 주었거든요." 그가 나직하게 말하면서 버들고리 의자에 털썩 앉았다.

"아서 경, 그게 무얼 주었다고요?"

"시빌요." 그가 아내에게 장미를 건네고 그 보라색 눈을 들여다보며 대답했다.

"말도 안 돼요!" 윈더미어 부인이 소리쳤다. "그런 헛소리는 생전 처음 듣네요."

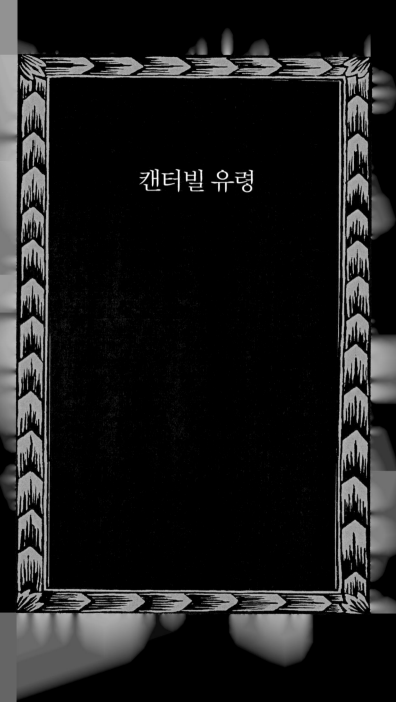

# 캔터빌 유령

# I

　미국 공사 하이럼 B. 오티스 씨가 캔터빌 체이스를 산다고 했을 때 마을 사람 모두가 어리석은 짓이라고 입을 모았다. 그 집은 귀신 붙은 집이었기 때문이다. 집주인인 캔터빌 경은 매우 고지식한 사람이라 거래 조건을 의논하러 오티스 씨가 왔을 때 그 사실을 분명히 밝혔다.

　"우리가 이 집을 떠나고자 한 것은," 캔터빌 경이 말했다. "대고모님인 볼턴 공작 미망인께서 어느 날 정찬을 위해 옷을 갈아입다가 해골 손에 어깨를 붙들려 기겁하셨을 때부터입니다. 대고모님께서는 아직도 그 충격에서 완전히 회복하지 못하셨습니다. 우리 가족뿐 아니라 우리 교구 목사이자 케임브리지 대학 킹스 칼리지 명예 교우인 오거스터스 댐피어 목사님도 그 유령을 목격하셨습니다. 대고모님의 불행한 사고 이후 젊은 하인들은 우리 집에서 일하려 하지 않았고, 제 집사람은 복도와 서재에서 들리는 수상한 소리로 인해 잠을 이루지 못하는 밤이 많았습니다."

"캔터빌 경." 공사가 대답했다. "가구와 유령까지 가격에 포함시키겠습니다. 저는 현대적인 국가 출신이고, 그곳에서는 모든 것을 돈으로 살 수 있습니다. 요즘 씩씩한 우리 미국 젊은이들이 구세계를 쑤시고 다니며 이곳 최고의 배우와 프리마돈나들을 데려가 미국에 선보이고 있지 않습니까? 만약 유럽에 유령 같은 게 있다면 조만간 미국의 공공 박물관이나 노상 공연에서 유령도 구경할 수 있겠군요."

"안타깝게도 유령은 있습니다." 캔터빌 경이 미소를 머금고 말했다. "그것이 진취적인 미국 흥행사들의 예비 접촉에는 저항했을지도 모르지만요. 유령은 지난 3세기 동안, 정확히 말하면 1584년부터 우리 집안사람이 죽을 때마다 어김없이 나타났습니다."

"그건 주치의도 마찬가지지요, 캔터빌 경. 저는 유령이란 건 이 세상에 없다고 생각하고, 그런 자연 법칙은 영국에서도 마찬가지일 거라고 생각합니다."

"미국에서는 그렇겠지요." 캔터빌 경은 오티스 씨의 마지막 말을 잘 이해하지 못하고 대답했다. "공사께서 이 집의 유령에 신경 쓰시지 않는다면 저는 좋습니다만, 제가 미리 이런 말씀을 드렸다는 걸 기억해 주십시오."

그로부터 몇 주 후 계약이 이루어졌고, 사교 철이 끝나자 공사와 가족은 캔터빌 체이스로 내려왔다. 오티스 부인은 웨스트 53번가의 루크레시아 R. 태판 양처럼 뉴욕의 이름난 미인이었고, 지금도 고운 눈에 빼어난 얼굴선을 지닌 아름다운 중년 부인이었다. 많은 미국 부인들은 고향을 떠나면 유럽의 세련미를 흉내 내려고 만성 질병을 앓는 듯한 모습으로 변모했지만, 오티스 부인은 그런 실수를 저지르지 않았다. 그녀는 건강하고 생기가 넘쳤다. 또한 부인은 여러 가지 면에서 아주 영국적이어서, 언어라는 한 가지 예외를 빼면 미국과 영국은 모든 것이 공통된다는 것을 보여 주는 훌륭한 예였다. 부모의 애국적 열정으로 워싱턴이라는 이름을 받아 평생 그것을 한탄하며 살아온 장남은 금발의 준수한 젊은이로, 뉴포트 카지노에서 세 번의 사교 철 연속으로 독일 춤을 이끌어서 미국 외교관의 자격을 얻었고 런던에서도 춤 솜씨로 이름을 얻었다. 그가 마음이 약해지는 것은 치자나무와 귀족 명감뿐이었다. 다른 모든 면은 철두철미 합리적이었다. 버지니아 E. 오티스 양은 새끼 사슴처럼 유연하고 사랑스러운 열다섯 살 소녀로, 크고 파란 눈에는 순수한 자유가 담겨 있었다. 아마존 여전사의 면모를 가지고 있는 그녀는 일전에 조랑말을 타고 연로한 빌턴 경과 공원 두 바퀴를 도는 경주를 한 적이 있었다. 그때 그녀는 아킬레우스 동상 앞에서 1마신馬身 반 차이로 이겼고, 그것을 크게 기뻐한 어린 체셔 공작은 그 자리에서 그녀에게 청혼을 했지만, 그날 밤 눈물범벅이 되어 후견인들과 함께 이튼 스쿨로 돌아가야 했다. 버지니아 아래로는 늘 매를 맞아서 '별과 줄'*이라고 불리는 쌍둥이가 있었다. 장난꾸러기 소년들이었고, 덕망 있는 공사를 빼면 식구들 중 유일하게 진정한 공화주의자였다.

캔터빌 체이스는 가장 가까운 기차역 애스콧에서 7마일 거리라서, 오티스 씨는 미리 전보로 사륜마차를 준비시켰고, 그들은 마차에 올라 활기차게 집으로 출발했다. 기분 좋은 7월 저녁이었고, 달콤한 소나무 향이 가득했다. 이따금 낭비둘기의 부드러운 목소리가 들렸고, 부스럭거리는 고사리 풀숲 안쪽에서 꿩의 가슴이 번쩍거렸다. 작은 다람쥐들이 너도밤나무에서 그들을 내려다보았고, 토끼들은 흰 꼬리를 하늘로 치키고 관목 숲을 지나 이끼 언덕 너머로 달아났다. 하지만 오티스 일가가 캔터빌 체이스 대로로 들어서자 갑자기 하늘에 구름이 끼고 이상한 고요가 대기를 감싸더니 거대한 떼까마귀 떼가 소리 없이 머리 위를 지나

---

❖ 성조기를 뜻하는 표현으로, 여기서는 매 맞은 자국을 뜻한다.

갔고, 굵은 빗방울이 떨어지기 시작했다.

집 현관 계단 위에는 한 노파가 검은 실크 드레스와 흰 모자와 앞치마를 단정하게 차려입고서 기다리고 있었다. 가정부 엄니 부인이었다. 캔터빌 부인의 간곡한 부탁에 따라 오티스 부인은 엄니 부인을 계속 고용하기로 했다. 그들이 내려서자 엄니 부인은 한 사람 한 사람에게 깊이 절을 하더니 예스러운 말투로 말했다. "캔터빌 체이스에 오신 것을 환영합니다." 그들은 부인을 뒤따라 멋진 튜더식 복도를 걸어 서재로 들어갔다. 서재는 붉은 참나무로 벽을 두른 길쭉하고 낮은 방으로, 한쪽 끝에 커다란 스테인드글라스 창문이 있었다. 차가 마련되어 있었고, 그들은 외투를 벗고 엄니 부인의 시중 속에 방을 둘러보았다.

오티스 부인은 벽난로 옆쪽 바닥에 찍힌 탁한 적색 얼룩을 보자 엄니 부인에게 말했다. "저기 뭘 흘린 자국이 있네요."

"네, 마님." 늙은 가정부가 낮은 목소리로 말했다. "피를 흘린 자국입니다."

"뭐라고요?" 오티스 부인이 소리쳤다. "서재에 핏자국이라니 기분 나빠요. 당장 닦아 내요."

노부인은 미소를 짓고는 변함없이 낮고 알쏭달쏭한 목소리로 대답했다. "저건 1575년에 바로 저 자리에서 남편 사이먼 드 캔터빌 경에게 죽은 엘리너 드 캔터빌 부인의 피입니다. 사이먼 경은 부인보다 9년을 더 살다가 수수께끼처럼 사라졌지요. 그분의 시신은 발견되지 않았지만, 죄에 사로잡힌 사이먼 경의 영혼은 아직도 체이스를 떠돌고 있습니다. 저 핏자국은 지금껏 여행객을 비롯한 많은 사람들이 와서 보고 경탄한 것으로, 지워지지 않습니다."

"말도 안 돼요." 워싱턴 오티스가 소리쳤다. "핑커턴 사의 챔피언 얼룩 제거제와 패러건 세제를 쓰면 바로 지울 수 있어요." 그러고는 경악한 가정부가 말릴 겨를도 없이 무릎을 꿇고 앉아서 검은색 화장품처럼 생긴 것에 달린 작은 막대로 바닥을 박박 문질렀다. 잠시 후 핏자국은 흔적도 없이 사라졌다.

"핑커턴이면 된다니까요." 워싱턴은 감탄하는 가족들을 둘러보며 자랑스럽게 말했다. 하지만 그 말을 마치자마자 음울한 방 안에 번개가 번쩍 비치더니 천둥소리가 무시무시하게 울려 온 식구가 자리에서 벌떡 일어났고 엄니 부인은 기절했다.

"참으로 괴상망측한 날씨로군!" 미국 공사가 차분히 말하며 길쭉한 여송연에 불을 붙였다. "구세계에는 사람이 너무 많아서 좋은 날씨가 모두에게 골고루 돌아가지 않는 모양이야. 나는 전부터 영국은 이민만이 살 길이라고 생각했어."

"하이럼." 오티스 부인이 소리쳤다. "기절하는 여자는 어떻게 해야 할까요?"

"파손의 경우처럼 비용을 청구해요." 공사가 대답했다. "그러면 다음부터는 기절하지 않을 거요." 그러자 잠시 후 엄니 부인이 깨어났다. 하지만 분명 기분이 상한 것 같았고, 오티스 씨에게 앞으로 큰 문제가 닥칠 거라고 경고했다.

"지금까지 제 눈으로 본 일들은," 그녀가 말했다. "모든 기독교인의 머리를 쭈뼛 서게 할 만한 것이었고, 저는 헤아릴 수 없이 많은 밤을 여기서 일어나는 일들 때문에 잠을 이루지 못했습니다." 하지만 오티스 씨와 그 아내는 이 정직한 여인에게 자신들은 유령이 겁나지 않는다고 분명히 말했고, 늙은 가정부는 새 주인 나리와 마님에게 신의 축복을 빌고 봉급 인상을 협상한 뒤 자기 방으로 비틀비틀 사라졌다.

## II

폭풍은 밤새 날뛰었지만, 특별한 일은 없었다. 하지만 다음 날 아침 식사를 하러 나오니 바닥에 보기 흉한 핏자국이 다시 보였다. "저건 패러건 세제의 잘못이 아닌 것 같네요." 워싱턴이 말했다. "저는 그걸 오만 곳에 다 써봤거든요. 유령이 맞는 것 같아요." 그러고는 두 번째로 핏자국을 지웠지만, 세 번째 날 아침에 핏자국은 다시 나타났다. 네 번째 날 아침에는 전날 오티스 씨가 서재를 잠그고 열쇠를 위층에 두었는데도 핏자국이 돌아왔다. 온 가족이 이제 이 일에 상당한 흥미를 느꼈다. 오티스 씨는 유령의 존재를 부인한 것이 너무 독단적이지 않았나 생각했고, 오티스 부인은 심령 협회에 가입할까 한다고 말했으며, 워싱턴은 마이어스 씨와 포드모어 씨에게 범죄 관련 혈흔의 영구성을 논의하는 긴 편지를 썼다. 그날 밤 영혼의 객관적 존재에 대한 의심은 모두 사라졌다.

그날은 맑고 따뜻했으며, 서늘한 저녁이 되자 온 식구가 마차 산책을 나갔다. 그리고 9시가 되어서야 돌아와 가벼운 식사를 했다. 대화의 주제는 유령과 아무 관계가 없었고, 그래서 심령 현상에 흔히 선행하는 수용적 기대라는 일차적 조건조차 없었다. 토론 주제는 내가 나중에 오티스 씨에게서 들은 바에 따르면, 교양 있는 상류계급 미국인의 일상적 대화를 이루는 것들로, 여배우로서 패니 대븐포트가 사라 베르나르보다 얼마나 월등한가, 풋옥수수, 메밀 케이크, 가공 옥수수 같은 곡물을 구하기가 얼마나 어려운가, 세계 정신의 발전에 보스턴이 얼마나 큰 기여를 하고 있는가, 철도 여행에서 수하물 점검 제도가 어떤 이점들을 가지고 있는가, 뉴욕 말씨가 런던 말씨보다 얼마나 부드러운가 하는 것들이었다. 초현실적인 것과 관련된 언급은 전혀 없었고, 사이먼 드 캔터빌 경에 대한 암시도 없었다. 식구들은 11시에 각자의 방으로 물러갔고, 그로부터 30분 뒤에 모든 불이 꺼졌다. 그리고 얼마 후 오티스 씨는 침실 밖 복도에서 나는 이상한 소리에 잠이 깼다. 금속 부딪히는 소리 같았고 점점 가까워졌다. 그는 벌떡 일어나서 성냥을 켜고 시계를 보았다. 정각 1시였다. 그는 홍분하지 않았고, 맥을 짚어 보니 맥박도 차분했다. 이상한 소리는 계속되었고, 그와 함께 발소리도 들렸다. 그는 슬리퍼를 신고 세면도구 함에서 작은 타원형 유리병을 꺼내서 문을 열었다. 그의 눈앞에 창백한 달빛 속에 처참한 안색을 한 노인이 있었다. 노인의 눈은 불타는 석탄처럼 빨갰고, 길게 뒤엉킨 반백 머리는 어깨 위로 늘어져 있었다. 옷은 재단이 구식인 데다 더럽고 누덕누덕했으며, 손과 발에는 무거운 수갑과 녹슨 차꼬가 채워져 있었다.

"외람된 말씀이지만," 오티스 씨가 말했다. "사슬에 기름을 치셔야 할 것 같습니다. 그래서 이 작은 병에 든 태머니 라이징 선 윤활유를 가져왔습니다. 한 번만 칠해도 효과가 아주 좋다고 하고, 포장지에는 우리나라 최고 토착신들 몇 분의 추천도 적혀 있습니다. 여기 촛불 옆에 둘 테니 언제든 쓰시고, 만약 필요하시면 더 드리겠습니다." 미합중국 공사는 그 말과 함께 병을 대리석 탁자에 내려놓은 뒤 문을 닫고 침대로 돌아갔다.

캔터빌 유령은 분노로 꼼짝도 하지 못하고 서 있었다. 그런 뒤 윤활유 병을 윤나는 마루에 격렬하게 내던지고 우웅 신음을 토하며 창백한 녹색빛 속에 복도 저편으로 달아났다. 거대한 참나무 계단 꼭대기에 이르렀을 때, 문이 훌렁 열리며 흰옷 차림의 작은 형상 둘이 나타나더니 베개 두 개가 머리 위로 날아왔다! 어물거릴 시간이 없어 그는 얼른 4차원 공간법을 채택해서 징두리널❖ 속으로 사라졌고 집은 조용해졌다.

유령은 저택 왼쪽 날개 부분에 있는 자신의 비밀 방에 도착하자, 달빛에 기대어 숨을 고르고 상황을 이해해 보려고 했다. 지난 3백 년 동안 눈부시게 이어진 경력 중에 이토록 참담한 모욕은 없었다. 그는 공작 미망인이 레이스와 다이아몬드를 휘감고 거울 앞에 섰을 때 그 앞에 나타나 미망인을 발작시킨 일을 떠올렸다. 또 구석방 커튼 사이로 웃음을 지어 보이는 것만으로 히스테리에 빠뜨린 네 명의 하녀를 떠올렸고, 어느 날 밤 도서관에서 느지막이 돌아오는 길에 촛불을 꺼서 그 뒤로 윌리엄 걸 경의 보호 아래 살게 된 교구 목사를, 그 신경 장애의 완벽한 순교자를 떠올렸고, 어느 날 아침 일찍 일어났다가 벽난로 옆 안락의자에 해골이 앉아서 자기 일기를 읽는 걸 본 후 6주 동안 뇌막염으로 앓아누웠다가 교회와 화해하고 회의주의자 볼테르와의 인연도 끊은 트르무이악 부인을 떠올렸다. 그는 사악한 캔터빌 경이 드레싱 룸에서 다이아몬드 잭 카드가 목에 걸려 죽어 가면서 자신이 크록퍼드 도박 클럽에서 바로 그 카드로 찰스 제임스 폭스를 속여 5만 파운드를 빼앗았음을 고백하고 유령이 그걸 삼키게 했다고 맹세하던 무시무시한 밤을 떠올렸다. 그가 이룬 모든 화려한 성취들이 기억 속에 되살아났다. 유리창을 두드리는 녹색 손

....................................

❖ 벽 아래쪽에 대는 나무 패널.

을 보고서 식품 저장실에서 총으로 자살한 집사에서부터, 다섯 손가락이 흰 피부를 태운 자국을 감추기 위해 목에 항상 검은 벨 벳 띠를 두르고 지내다 마침내 킹스 워크 끝의 잉어 연못에 몸을 던져 죽은 아름다운 스텃필드 부인까지. 유령은 예술가의 뜨거 운 이기심으로 자신의 활약상들을 회고했다. 자신이 '붉은 루벤, 또는 교살된 아이'로 마지막으로 나타난 일, '수척한 기비언, 벡 슬리 무어의 흡혈인'으로 '데뷔'한 일, 그리고 어느 아름다운 6 월 저녁 테니스장에서 자신의 뼈로 나인 핀 놀이를 하는 것만으 로 '난리 법석'을 일으킨 일을 떠올리며 쓰디쓴 미소를 지었다. 그런데 이 모든 위업을 이룬 그에게, 철없는 현대 미국인들이 라 이징 선 윤활유를 쓰라고 하고 머리 위로 베개를 던지다니! 도저 히 참을 수 없었다. 게다가 역사상 어떤 유령도 이런 식의 대접 을 받은 일이 없었다. 그는 복수를 결심하고 아침이 밝을 때까지 생각에 잠겼다.


## III

다음 날 아침 식사를 하러 모인 오티스 가족은 유령에 대한 이야기를 조금 나누었다. 미합중국 공사는 자신의 선물이 거절 당한 걸 보고는 약간 언짢은 심정으로 말했다. "나는 유령을 해 코지할 생각은 전혀 없었다. 하지만 유령이 이 집에서 지낸 세월을 생각해 보면 베개를 던진 건 그렇게 예의 바른 행동이 아니었던 것 같구나." 그 지당하신 말씀에 쌍둥이는 미친 듯이 웃음을 터뜨렸다. 공사가 말을 이었다. "하지만 유령이 정말로 라이징 선 윤활유을 쓰지 않겠다면 사슬을 빼앗아야 돼. 밖에서 그런 소음이 나면 잠을 잘 수가 없으니까."

하지만 그 주가 지날 때까지 아무 일도 없었다. 약간이나마 관심을 촉발하는 것은 서재 바닥에 핏자국이 계속 나타나는 것뿐이었다. 오티스 씨가 밤이면 문을 꼭 잠그고 창문도 창살이 촘촘했기 때문에 핏자국이 이렇게 집요하게 나타나는 것은 참으로 기이한 일이었다. 또한 핏자국이 카멜레온처럼 색깔이 변하는 것도 많은 이야기를 낳았다. 어떤 날은 탁한 (거의 적갈색에 가까운) 적색이고 어떤 날을 주홍색이었으며, 그런 뒤에는 짙은 자줏빛이 이어지더니 자유 미국 개혁 감독교의 단순한 의례에 따라 가족 기도를 하러 내려온 어느 날에는 에메랄드 같은 밝은 녹색을 띠고 있었다. 이런 만화경 같은 변화는 가족에게 큰 관심을 불러일으켰고 매일 밤 그것을 두고 내기가 벌어졌다. 이런 장난에 끼어들지 않는 사람은 어린 버지니아뿐이었다. 버지니아는 어떤 알 수 없는 이유로 핏자국을 볼 때마다 괴로워했고, 그것이 에메랄드 빛깔을 띤 아침에는 거의 울음을 터뜨릴 지경이었다.

유령이 두 번째로 나타난 것은 일요일 밤이었다. 식구들은 잠자리에 든 직후에 일층 복도에서 요란하게 울리는 와장창 소리에 놀라 깼다. 얼른 아래층으로 내려가 보니 커다란 옛 갑옷 세트가 지지대에서 분리되어 돌바닥에 뒹굴고 있었고, 캔터빌 유령이 등받이 높은 의자에 앉아 고통스러운 표정으로 무릎을 문지르고 있었다. 쌍둥이들은 새총을 가지고 내려와 그에게 새총을 두 발 쏘았다. 그렇게 정확하게 겨냥할 수 있었던 건 작문 선생을 상대로 길고도 신중한 연습을 했기 때문이었다. 그러는 사이 미합중국 공사는 리볼버 권총을 들고 캘리포니아 주의 예법에 따라 유령에게 두 손을 들라고 요청했다! 놀란 유령은 분노의 비명을 지른 뒤 안개처럼 그들 사이를 지나가면서 워싱턴 오티스의 촛불을 꺼뜨려 사방을 암흑 속에 몰아넣었다. 그런 뒤 계단 꼭대기에 이르자 정신을 차리고 유명한 악마의 웃음을 들려주기로 결심했다. 그것은 지난 세월 동안 여러 차례 놀라운 효과를 발휘했다. 그 비명은 레이커 경의 가발을 하룻밤 새 백발로 만들었고, 캔터빌 부인의 프랑스 가정교사 세 명을 한 달도 못 채우고 그만두게 만들었다. 그는 더없이 끔찍한 그 웃음을 날려서 다시 한 번 그 집의 둥근 천장을 울렸지만, 섬뜩한 메아리가 사위기도 전에 문이 열리더니 오티스 부인이 하늘색 실내복 차림으로 나타나서 말했다. "건강이 안 좋으신 것 같네요. 여기 도벨 박사의 물약을 가지고 왔어요. 소화불량에 그만이랍니다." 유령은 분노의 눈길로 부인을 노려보고 즉시 크고 검은 개로 변신할 준비에 돌입했다. 그것은 그에게 온당한 명성을 안겨 준 위업으로,

캔터빌 가의 주치의는 바로 그것이 캔터빌 경의 숙부 토머스 호턴 경이 영구 치매에 걸린 원인이라고 진단했다. 하지만 발소리가 다가오자 결심이 흔들렸고, 그는 결국 약간의 인광을 띠는 것으로 만족하고 쌍둥이를 피해 교회 묘지의 깊은 신음과 함께 사라졌다.

방에 당도한 유령은 기진맥진했고 격렬한 동요를 피할 길이 없었다. 쌍둥이의 천박함과 오티스 부인의 추악한 물질주의도 혐오스러웠지만, 정말로 괴로웠던 것은 그가 사슬 갑옷을 입을 수 없었다는 것이다. 아무리 현대적 미국인이라고 해도, 다른 합리적인 이유는 없어도 적어도 그들의 국민 시인 롱펠로에 대한 존경심에서라도 갑옷 입은 유령의 모습에 놀라기를 바랐다.❖ 캔터빌 가족이 런던에 가 있는 많은 날들 동안 유령은 그의 우아하고 매혹적인 시를 읽으며 시간을 보냈다. 게다가 그것은 자신의 갑옷이었다. 케닐워스 마상 창 경기에서 그것을 입고 연전연승했고, 그 누구도 아닌 바로 엘리자베스 여왕에게 칭찬을 들었다. 하지만 이제 그것을 입으니 거대한 가슴판과 강철 투구의 무게를 이기지 못해 돌바닥에 털썩 쓰러져 무릎을 긁히고 오른손 손마디에 멍이 들고 만 것이다.

그 후 며칠 동안 유령은 심하게 앓았고 핏자국을 수선할 때를

---

❖ 롱펠로는 〈갑옷 입은 해골〉이라는 시를 썼다.

빼고는 자기 방에서 좀처럼 나오지 않았다. 그러나 그는 스스로를 극진히 돌봐서 기력을 되찾았고, 미합중국 공사와 그 가족을 기겁시킬 세 번째 시도를 하기로 결심했다. 그는 8월 17일 금요일을 그날로 잡고, 하루 종일 옷장을 뒤진 끝에 붉은 깃털이 달리고 테가 늘어진 큰 모자, 손목과 목에 프릴이 달린 수의와 녹슨 단검을 골랐다. 저녁이 오면서 격렬한 폭풍우가 닥쳤고, 바람이 거세게 불어서 오래된 저택의 창문과 문을 요란하게 흔들었다. 그는 사실 이런 날씨를 아주 좋아했다. 그날의 행동 계획은 이랬다. 우선 워싱턴 오티스의 방에 조용히 들어가서 침대 발치에서 이상한 말을 중얼거린 뒤, 느린 음악에 맞추어 자신의 목을 세 번 찌른다. 워싱턴은 그에게 특별한 원수였다. 캔터빌 가의 그 유명한 핏자국을 핑커턴 사의 패러건 세제로 자꾸 지우는 자가 그였기 때문이다. 이 분별없고 무모한 청년에게 처참한 공포를 안겨 준 다음에는 미합중국 공사 부부가 자는 방으로 가서, 부인의 이마에 끈끈한 손을 대고 덜덜 떠는 남편의 귀에 납골당의 섬뜩한 비밀을 속삭일 것이다. 어린 버지니아와 관련해서는 특별히 드는 생각이 없었다. 그 소녀는 자신을 모욕한 적이 없는 데다 예쁘고 상냥했다. 옷장에서 신음 소리를 몇 번 내는 것만으로 충분할 것 같았다. 그 소리에 소녀가 깨지 않으면 중풍 걸린 듯 경련하는 손으로 침대보를 더듬을 것이다. 쌍둥이들에게는 교훈을 단단히 줄 작정이었다. 가장 먼저 할 일은 아이들 가슴팍에 앉아서 숨 막히는 악몽의 감각을 선사하는 것이다. 그런 뒤 바투 놓인 두 침대 사이에 얼음 같은 녹색 시신으로 서서 온몸을 마비시키는 두려움을 안겨 준 뒤, 마침내 수의를 벗어 던지고 하얗게 마른 뼈와 데굴데굴 구르는 외눈 알로 방 안을 기어 다닐 것이다. 그 '벙어리 대니얼 또는 자살 해골' 현신은 여러 차례에 걸쳐 아주 큰 효과를 냈고, 그가 볼 때 그 효과는 유명한 '광란의 마틴 또는 수수께끼의 마스크' 현신과도 맞먹을 정도였다.

유령은 10시 반에 가족이 잠자리에 드는 소리를 들었다. 그런 뒤 얼마 동안은 쌍둥이들이 깍깍거리며 웃어 대는 소리에 정신이 산란했다. 쌍둥이들이 어린 학생다운 장난기로 취침 전 놀이를 하는 것 같았지만, 11시 15분이 되자 사위가 고요해졌고 12시를 알리는 소리에 그는 출격했다. 올빼미가 유리창에 날개를 파닥이고 갈까마귀가 늙은 주목나무에서 까악거렸으며, 바람은 길 잃은 영혼처럼 신음하며 집 주변을 헤매었다. 하지만 오티스 가족은 자신들의 운명을 모른 채 잠들어 있었고, 미합중국 공사의 코 고는 소리는 폭풍우 소리보다도 크게 울렸다. 그는 주름진 잔인한 입에 사악한 미소를 띠고 소리 없이 징두리널 밖으로 나왔고, 하늘색과 금색으로 자신의 팔과 살해당한 아내의 팔을 새긴 커다란 돌출 창 앞을 지나갈 때 달은 구름 뒤로 얼굴을 감추었다. 유령이 사악한 그림자처럼 앞으로 앞으로 미끄러져 갈 때, 어둠도 그를 혐오하는 것 같았다. 어떤 소리가 들린 것 같아한 번 멈춰 섰지만 그것은 레드 팜의 개 짖는 소리일 뿐이었다. 그는 낯선 16세기 욕을 중얼거리고는 어두운 허공에 이따금 녹슨 단검을 휘두르며 앞으로 나아갔다. 마침내 그는 불운한 워싱턴의 방으로 가는 복도 모퉁이에 이르렀다. 유령은 잠시 서 있었다. 바람이 그의 긴 백발을 흩날리며 기이하고 해괴한 그의 주름 속에 죽은 자의 수의라는 참혹한 공포를 불어넣었다. 잠시 후 시계가 15분을 치자 그는 때가 되었다고 느꼈다. 그리하여 조용히 웃고는 모퉁이를 돌았다가 공포의 비명을 지르며 뒤로 쓰러져서는 길고 앙상한 손가락으로 새하얀 얼굴을 가렸다. 그의 눈앞에 무시무시한 유령이, 조각상처럼 미동도 없고 광인의 꿈처럼 살풍경한 유령이 서 있었다! 벗어진 머리는 번들거렸고, 얼굴은 둥글고 투실하고 하였으며, 이목구비는 섬뜩한 웃음으로 비틀려 영원한 미소로 고정된 것 같았다. 두 눈에서는 진홍색 광선이 나왔고, 입은 넓은 불길의 우물이었으며, 흉측한 옷은 유령 자신의 옷처럼 고요한 흰빛으로 거대한 형체를 덮고 있었다. 가슴에는 고대 문자로 낯선 글을 새긴 명판이 달렸는데, 일부는 불명예의 목록 같았고, 일부는 죄악의 기록, 일부는 흉악한 범죄 연감 같았다. 그리고 오른손에는 번쩍이는 강철 언월도를 높이 들고 있었다.

그는 유령을 본 적이 없었기에 기겁하지 않을 수 없었고, 그 섬뜩한 유령을 다급하게 다시 한 번 바라본 뒤 자기 방으로 달아났다. 복도를 달리는데 출렁이는 수의가 발에 걸리는 바람에 녹슨 단검을 공사의 장화 속에 떨어뜨렸고, 그 단검은 다음 날 아침 집사에게 발견되었다. 거처로 돌아온 그는 작은 침상에 몸을 던지고 옷으로 얼굴을 덮었다. 하지만 용감한 캔터빌 유령은 잠시 후 기운을 차리고 날이 밝는 즉시 그 유령을 찾아가서 말을 걸기로 했다. 그래서 새벽이 언덕을 은빛으로 어루만지자 곧장 아까 그 섬뜩한 유령을 본 장소로 갔다. 어쨌건 유령이 둘이면 하나보다는 낫고 새 친구의 도움으로 쌍둥이를 무찌를 수 있을지도 몰랐다. 하지만 거기 가보니 황당한 광경이 펼쳐져 있었다. 유령한테 무슨 일이 일어난 게 틀림없었다. 두 눈은 텅 빈 데다 아무 빛도 없었고, 번쩍이는 언월도도 손에서 떨어져 있고, 유령은 전체적으로 아주 불편한 자세로 벽에 기대서 있었기 때문이다. 그가 달려가서 유령을 잡았더니 공포스럽게도 머리가 툭 떨어져 바닥을 굴렀고 몸도 쓰러졌다. 그는 이내 자신이 잡은 것이 흰색 무명 침대 커튼과 빗자루와 부엌칼이라는 것을, 발밑에 뒹굴고 있는 것은 속을 파낸 순무라는 것을 깨달았다. 이런 어처구니없는 변모에 당황한 그는 얼른 명판을 잡고, 희미한 새벽 빛 속에 이런 기막힌 글을 읽었다.

오티스 유령이시여.

유일하게 진정한 도깨비시여.

그대의 모조품을 조심하시오.

다른 것은 모두 가짜라니.


간밤의 일이 머리를 뚫고 지나갔다. 그는 속았고, 허를 찔렸고, 기만당했다! 그의 눈에 늙은 캔터빌의 모습이 돌아왔다. 그는 이 없는 잇몸을 간 뒤, 앙상한 손을 머리 위로 들고서 구시대 학교의 생생한 말투로 챈티클리어*가 낭랑한 울음을 두 번 울면 그때 피의 보복을 하고 거칠 것 없이 소리 없는 살인을 저지르겠다고 맹세했다.

그가 이런 끔찍한 맹세를 마치자 곧바로 멀리 있는 어느 농가의 붉은 기와지붕에서 수탉이 울었다. 유령은 길고 낮고 쓰디쓴 웃음을 짓고 기다렸다. 그런데 몇 시간을 기다려도 무슨 이유인지 수탉은 두 번째 울음을 울지 않았다. 마침내 아침 7시 반에 하녀들이 움직이자 그는 공포의 경계를 포기하고, 헛된 맹세와 좌절된 의도를 곱씹으며 자기 방으로 돌아갔다. 거기서 그가 아주 좋아하는 고대 기사 제도에 대한 책을 몇 권 살펴보고, 그런 맹세를 할 때마다 챈티클리어가 두 번 울었다는 걸 발견했다. "사악한 닭에게 파멸이 내릴지어다." 그가 웅얼거렸다. "나의 튼튼

---

❖ 초서의 작품 《캔터베리 이야기》에 나오는 수탉.

한 창으로 놈의 목을 꿰뚫어서 놈이 두 번 울고 죽게 만들리라!"
그런 뒤 그는 안락한 납으로 만든 관으로 물러가서 저녁까지 거
기 머물렀다.


IV

　다음 날 유령은 기진맥진하고 피곤했다. 지난 4주 동안 계속
된 분노가 영향을 미치기 시작했다. 신경은 녹초가 되었고, 사소
한 소리에도 깜짝깜짝 놀랐다. 그는 닷새 동안 방에만 있었고,
마침내 서재 바닥에 핏자국을 남기는 일조차 포기하기로 했다.
오티스 가족이 원하지 않는다면 굳이 그것을 해줄 필요가 없었
다. 그들은 천박하고 물질적인 차원의 사람들로, 감각적 현상의
상징적 가치를 이해할 줄 몰랐다. 환상적 유령과 영체靈體의 발전
은 물론 별개의 문제였고, 그가 통제할 수 있는 영역이 아니었
다. 일주일에 한 번 복도에 출현하는 것과 매달 첫째, 셋째 수요
일에 큰 돌출 창에서 중얼거리는 것은 그의 엄숙한 의무였고, 그
는 이런 의무에서 명예롭게 물러나는 방법을 몰랐다. 그의 삶이
사악했던 것은 맞지만, 달리 보면 그는 초자연적인 사안에 극히
성실했다. 그래서 그 뒤로 세 번의 토요일 동안 그는 평소처럼
자정에서 3시 사이에 복도를 거닐되, 소리도 내지 않고 모습도
들키지 않게 최선을 다했다. 장화를 신지 않은 발로 낡고 벌레

먹은 나무 마루를 최대한 가볍게 디뎠으며, 크고 검은 벨벳 망토를 둘렀고, 사슬에는 라이징 선 윤활유를 쳤다. 나는 그가 이런 최후의 보호 수단을 채택하는 일이 힘들었다는 것을 인정하지 않을 수 없다. 하지만 어느 날 밤, 식구들이 정찬을 할 때 그는 오티스 씨의 방으로 숨어 들어가서 윤활유 병을 가지고 나왔다. 처음에는 약간 굴욕감을 느꼈지만, 나중에는 그 발명품이 아주 훌륭할 뿐 아니라 일정 정도는 자신의 목표에도 들어맞는다는 것을 알게 되었다. 그런데 그렇게 노력을 기울이는데도 그는 괴롭힘을 당했다. 복도에는 계속 끈이 쳐져서 어둠 속을 걷는 그를 넘어뜨렸고, 한번은 그가 '블랙 아이잭, 또는 호글리 숲의 사냥꾼' 복장으로 다니던 중 쌍둥이가 태피스트리 방에서 참나무 계단 꼭대기까지 발라 놓은 버터를 밟고 크게 미끄러진 일도 있었다. 그는 이 마지막 사건에 크게 분노해서 자신의 위엄과 사회적 지위를 확고히 알려 줄 최종적 시도를 하기로 결심하고, 유명한 '분별없는 루퍼트, 또는 머리 없는 백작' 현신으로 다음 날 이 버릇없는 이튼 스쿨 학생들을 찾아가기로 마음먹었다.

그가 마지막으로 그 모습으로 현신했던 건 70년도 더 전이었다. 그때 그 모습에 어여쁜 바버라 모디시가 어찌나 놀랐는지 황혼 녘에 그렇게 흉측한 유령을 테라스에 서성거리게 하는 집안과는 절대 결혼할 수 없다고 선언하면서, 현 캔터빌 경의 할아버지와 맺은 약혼을 깨고 잘생긴 잭 캐슬턴과 함께 그레트나 그린으로 달아났다. 불쌍한 잭은 그 뒤 왠즈워스 광장에서 캔터빌 경과 결투하다가 총에 맞아 죽었고, 바버라는 상심을 이기지 못하고 그해가 가기 전에 턴브리지 웰스에서 죽었다. 그 헌신은 그만큼이나 대단히 성공적이었다. 하지만 이런 엄청난 초자연적 수수께끼에 연극의 용어 또는 좀 더 상위 자연 세계인 과학의 용어를 빌려 쓰자면, 그것은 극도로 '연출'이 어려웠기에 준비하는데 꼬박 세 시간이 걸렸다. 마침내 모든 준비가 완료되고, 유령은 자신의 모습에 만족했다. 복장과 어울리는 가죽 승마화는 약간 컸고 마상총도 둘 중 한 자루밖에 찾지 못했지만, 전체적으로 꽤 흡족해서 그는 1시 15분에 징두리널 밖으로 나와 조심조심 복도를 걸어갔다. 쌍둥이의 방…… 침대 커튼 때문에 파란 침대 방이라고 부르는 그 앞에 가보니 문이 살짝 열려 있었다. 그는 멋진 등장 효과를 내려고 문을 홀링 열어젖혔는데, 그랬더니 무거운 주전자가 물세례를 퍼부으면서 그의 어깨를 2인치 정도 비껴갔다. 그와 함께 기둥 침대에서 키득키득 숨죽인 웃음소리가 들렸다. 그는 신경계에 너무도 큰 충격을 받아서 온 힘을 다해 자기 방으로 도망쳤고, 다음 날 심한 감기로 몸져누웠다. 이 모든 사태에서 유일한 위로는 그가 머리는 가져가지 않았다는 것뿐이었다. 만약 머리까지 가져갔다면 그 결과는 참담했을 것이다.

그는 이제 이 불손한 미국인 가족을 겁주겠다는 모든 희망을 버리고, 그저 무소음 슬리퍼와 찬바람을 막아 주는 두꺼운 붉은

색 머플러 차림으로, 쌍둥이들의 공격에 대비한 작은 화승총을 들고 복도를 다니는 데 만족했다. 그가 마지막으로 공격당한 것은 9월 19일이었다. 그는 일층 출입 홀까지는 사내애들이 공격해 오지 않을 거라고 생각하고 거기서 혼자 놀고 있었다. 이전까지 캔터빌 가의 사진들이 걸려 있던 자리에 사로니가 찍은 미합중국 공사 부부의 커다란 사진들이 걸린 것을 보고 그것을 조롱하면서. 그는 교회 묘지 곰팡이가 슨 단순하지만 깔끔한 긴 수의를 입고 있었고, 길쭉한 노란색 리넨 천으로 턱을 잡아맸으며, 작은 랜턴과 교회지기의 삽을 들고 있었다. 그것은 '무덤 없는 조너스 또는 처트시 반의 시체 탈취자'의 현신이었다. 그것은 그의 주목할 만한 현신 중 하나로, 캔터빌 가 사람들이 똑똑히 기억하는 것이기도 했다. 그들이 이웃 루퍼드 경과 싸우게 된 진정한 원인은 바로 그 현신 탓이었기 때문이다. 새벽 2시 15분쯤이었고, 그가 파악하는 한 아무도 움직이지 않았다. 하지만 아직 핏자국이 남아 있는지 보려고 서재 쪽으로 걸어가는데 어두운 모퉁이에서 갑자기 두 사람의 형체가 앞으로 튀어나와서 머리 위로 팔을 사납게 흔들며 그의 귀에 대고 "우우우!" 하고 외쳤다.

그가 기겁을 한 것은 너무도 당연한 일이었다. 그는 계단을 향해 달려갔지만, 거기에는 워싱턴 오티스가 큼직한 정원용 물 주사기를 들고 기다리고 있었다. 그렇게 적들에게 에워싸이자 움쭉달싹하기도 어려웠지만, 다행히 쇠 스토브에 불이 꺼져 있어 그 안으로 들어가서 연통과 굴뚝을 지나 검댕과 혼란과 절망 속에 자기 방으로 돌아갔다.

그 이후로 그의 야간 산책은 두 번 다시 목격되지 않았다. 쌍둥이는 몇 차례 매복해서 유령을 기다렸고, 매일 밤 복도에 땅콩 껍질 따위를 깔아 부모와 하인들에게 짜증을 안겨 주었지만 아무 소용없었다. 유령은 자존심에 너무 큰 상처를 입어서 다시는 나타나지 않을 것이 분명했다. 오티스 씨는 지난 여러 해 동안 몰두했던 민주당의 역사에 대한 원대한 저술을 재개했고, 오티스 부인은 멋진 야유회를 꾸려서 온 주州를 놀라게 했다. 사내아이들은 라크로스 경기, 유커와 포커 카드놀이 같은 여러 가지 미국적인 놀이를 시작했고, 버지니아는 조랑말을 타고 오솔길을 다녔으며, 그녀 곁에는 휴가의 마지막 일주일을 캔터빌 체이스에서 보내려고 온 어린 체셔 공작이 있었다. 사람들은 대개 유령이 사라졌다고 여겼고, 오티스 씨가 캔터빌 경에게 그런 사실을 전하는 편지를 보내자, 캔터빌 경은 크게 기뻐하며 공사의 덕망 높은 아내를 축하하는 답장을 했다.

하지만 그것은 오티스 가족의 착각이었다. 유령은 아직 그 집에 있었고, 현재는 거의 환자 상태였지만 그대로 물러설 생각은 결코 없었고 특히 어린 체셔 공작이 손님으로 온 걸 알게 되자 그 결심은 더욱 굳어졌다. 체셔 공작의 종조부인 프랜시스 스틸턴 경은 한때 카버리 대령에게 1백 기니를 걸고 캔터빌 유령과 주사위 놀이를 하겠다고 내기를 걸었다가 다음 날 아침 카드실 바닥에 전신이 마비된 채 발견된 사람으로, 매우 장수했지만 평생토록 '더블 식스'라는 말밖에 하지 못했다. 그 이야기는 당시 아주 유명했지만, 두 귀족 집안에 대한 존경심으로 사실을 감추려는 다양한 시도가 이루어졌다. 그런 모든 상황에 대한 자세한 설명은 태틀 경의 《섭정공과 친구들의 회상》 3권에 나온다. 그런 일이 있었으니 유령은 당연히 자신이 아직도 스틸턴 가문에 영향력을 미치고 있다는 것을 보여 주고 싶었다. 스틸턴 가는 그의 먼 친척이기도 했다. 그의 사촌이 후처로 드 뷜클리 공에게 시집갔고, 모두가 알듯이 체셔 공작들은 그 직계 후손이었다. 그래서 그는 버지니아의 젊은 애인에게 '뱀파이어 수도승, 또는 냉혹한 베네딕트 수사'로 현신하기로 하고 준비를 갖추었다. 그 모습의 흉측함에 스타텁 노부인은 1764년 신년 전야에 귀청을 찢을 듯 비명을 지르다가 결국 급성 중풍으로 쓰러졌고, 사흘 만에 죽으면서 가장 가까운 친척인 캔터빌 일가의 상속권을 박탈하고 모든 재산을 런던의 약제사에게 물려주었다. 하지만 유령은 마지막 순간 쌍둥이에 대한 두려움 때문에 좀처럼 방을 나서지 못했고, 어린 공작은 특대 침실의 커다란 깃털 침대 지붕 아래 평화롭게 잠을 자면서 버지니아의 꿈을 꾸었다.

## V

며칠 뒤에 버지니아는 곱슬머리 애인과 함께 브로클리 초원에서 승마를 했는데 산울타리를 지나다가 승마복이 크게 찢겨서, 집으로 들어올 때 사람들 눈을 피해 뒤 계단으로 올라가기로 했다. 버지니아가 태피스트리 방 앞을 지나 달려가는데, 열린 문 안쪽에 누가 있는 것 같았다. 그녀는 때때로 어머니의 하녀가 그 방으로 일감을 가지고 들어가는 것을 보았기에 하녀에게 승마복 수선을 부탁하려고 방 안을 들여다보았다. 놀랍게도 거기 있는 건 다름 아닌 캔터빌 유령이었다! 유령은 창가에 앉아서 누렇게 물드는 나무들의 탁한 금색 이파리가 공중을 나는 것을, 붉은 단풍잎이 긴 대로에서 미친 듯 춤추는 것을 지켜보고 있었다. 한 손으로 턱을 괸 그 자세는 전체적으로 극히 우울해 보였다. 버지니아는 처음에는 자기 방으로 얼른 달아나 문을 잠글 생각이었지만, 그 모습이 어찌나 처량하고 불쌍하던지 이내 동정심을 느끼고 그를 위로해 주기로 했다. 그녀의 발걸음이 워낙 가볍고 그의 우울이 워낙 깊어서 유령은 버지니아가 말을 건넬 때까지 그녀가 옆에 온 것도 몰랐다.

"죄송해요." 그녀가 말했다. "하지만 동생들은 내일 이튼 스쿨로 돌아가요. 그리고 당신이 얌전하게 지내면 아무도 당신을 괴롭히지 않을 거예요."

"나더러 얌전하게 지내라니 얼빠진 소리군." 그가 예쁘고 어린 소녀가 겁도 없이 자신에게 말을 거는 데 놀라 주변을 둘러보며 대답했다. "얼빠진 소리고말고. 나는 사슬을 덜그럭거리며 다니고, 열쇠 구멍에 대고 신음하고, 어둠 속을 배회해야 돼. 그게 내가 존재하는 유일한 이유야."

"그런 건 존재의 이유가 될 수 없어요. 그리고 당신도 자신이 사악했다는 걸 알아요. 여기 처음 온 날 엄니 부인한테 들었어요. 당신이 아내를 죽였다고요."

"그건 인정해." 유령이 삐친 표정으로 말했다. "하지만 그건 순전히 가정 문제고 다른 누구도 상관할 바가 아니야."

"사정이 어떻건 사람을 죽이는 건 정말 나쁜 일이에요." 때로 뉴잉글랜드 옛 조상에게서 물려받은 청교도적 엄숙주의를 보이는 버지니아가 말했다.

"아, 나는 추상적 윤리의 그 값싼 엄격함이 싫어! 아내는 아주 못생겼고, 내 주름 칼라에 풀도 제대로 먹이지 못했고, 요리에 대해서는 아무것도 몰랐어. 내가 호글리 숲에서 두 살짜리 멋진 수사슴을 잡아 왔더니 아내가 식탁에 어떻게 내놨는지 알아? 하지만 지금은 다 지난 일이니 중요하지 않지. 그리고 아무리 내가 자기 동생을 죽였다고 그 오라비들이 나를 굶겨 죽인 건 별로 잘한 일이 아니라고 생각해."

"굶겨 죽였다고요? 아, 유령 씨, 아니 사이먼 경, 배고프세요? 가방에 샌드위치가 있는데 드실래요?"

"아냐, 괜찮아. 지금 나는 아무것도 먹지 않아. 어쨌건 고맙다. 너는 흉악하고 무례하고 저속하고 기만적인 다른 가족들보다 훨씬 착해."

"그런 소리 하지 말아요!" 버지니아가 발을 구르며 소리쳤다. "무례하고 흉악하고 저속한 건 사이먼 경이에요. 그리고 기만으로 말하자면 사이먼 경이야말로 내 물감을 가져다가 서재에 계속 그 황당한 핏자국을 만들었잖아요. 처음에는 주홍색 같은 빨간색 종류를 싹 가져가서 노을 그림을 못 그리게 하더니, 나중에는 에메랄드 녹색과 크롬 황색까지 가져갔잖아요. 결국 남색하고 아연색밖에 안 남아서 달밤의 풍경밖에 못 그리는데, 그런 그림은 보기에도 우울하고 그리기도 쉽지 않다고요. 정말 화가 났지만 아무한테도 말하지 않았어요. 그리고 에메랄드색 피라니, 말도 안 돼요."

"아, 내가 어쩔 수 있었겠니?" 유령이 약간 기가 죽어서 말했다. "요즘엔 진짜 피를 구하기가 힘들고 게다가 네 오빠가 패러건 세제로 자꾸 그걸 지워 대잖아. 그러니 네 물감을 쓸 수밖에. 색깔을 말하자면 그건 취향의 문제야. 예를 들면 캔터빌 가는 파란 피야. 영국에서 가장 파랗지.✝ 하지만 미국인들이 이런 일에 신경을 안 쓴다는 건 알아."

"사이먼 경은 아무것도 몰라요. 당신이 할 수 있는 최선의 일은 이민을 떠나서 정신 수양을 하는 거예요. 원하신다면 우리 아버지가 아주 기쁘게 미국 출항을 도와 드릴 거예요. 유령은 어떤 종류건 관세가 무겁지만 세관원들이 모두 민주당원이니 세관 통과는 어렵지 않을 거예요.✧✧ 뉴욕에 가면 사이먼 경은 분명 크게 성공할 거예요. 제가 알기로는 할아버지를 들이는 데 수십만 달러도 척척 낼 사람이 많거든요. 가족 유령에는 훨씬 더 큰돈을 쓸 거예요."

"나는 미국이 별로야."

"우리나라에 폐허와 골동품이 없어서죠." 버지니아가 비꼬며 말했다.

"폐허가 없다고! 골동품이 없어!" 유령이 대답했다. "미국 해군하고 예의범절은 뭐야?"

"안녕히 계세요. 아버지한테 쌍둥이를 일주일 더 있다 보내라고 부탁해야겠네요."

"가지 마라, 버지니아." 그가 소리쳤다. "나는 너무 쓸쓸하고 불행하고 뭘 해야 할지도 몰라. 자고 싶은데 잠도 못 자."

"말도 안 돼요! 침대에 누워서 촛불만 끄면 돼요. 가끔, 특히 교회에 가면 눈을 뜨고 있기조차 힘든데, 잠자는 게 뭐가 어려워요. 아기들도 잠은 잘 자는데, 그 애들이 그렇게 똑똑한 건 아니

........................

✧ '파란 피'라는 표현은 귀족의 혈통을 가리킨다.
✧✧ 유령을 뜻하는 spirits는 증류주라는 뜻도 된다.

잖아요."

"나는 3백 년 동안 잠을 안 잤어." 그가 서글프게 말했고, 아름답고 파란 버지니아의 눈동자는 놀라서 휘둥그레졌다. "3백 년 동안 잠을 안 잤고 너무 피곤해."

버지니아는 표정이 무거워졌고, 작은 입술은 장미 꽃잎처럼 떨렸다. 그녀는 유령에게 다가가 무릎으로 앉더니 그의 늙고 쭈글쭈글한 얼굴을 올려다보았다.

"불쌍한 유령 아저씨." 그녀가 중얼거렸다. "잠잘 데가 없으세요?"

"솔숲 너머 먼 곳에 있어." 그가 나직하게 꿈꾸는 듯한 목소리로 대답했다. "거기 작은 정원이 있지. 풀이 무성하게 자라고 솔송나무 꽃들이 큼직한 흰 별처럼 피어 있고, 나이팅게일은 밤새도록 노래한단다. 밤새도록 새는 노래하고, 차고 깨끗한 달이 땅을 비추고, 주목나무는 잠든 사람들 위로 팔을 넓게 펼치고 있지."

버지니아는 눈에 눈물이 그렁그렁해져서 두 손에 얼굴을 묻었다.

"그건 죽음의 정원이잖아요." 그녀가 속삭였다.

"그래, 맞아, 죽음이야. 죽음은 아주 아름다울 거야. 살랑거리는 풀을 이마에 이고 부드러운 흙 속에 누워 있는 것, 침묵의 소리를 듣는 것. 어제도 없고 내일도 없는 것, 시간을 잊고 인생을 용서하고 평화를 누리는 것. 네가 날 좀 도와 다오. 죽음의 집의 문을 열어 다오. 네게는 늘 사랑이 있고, 사랑은 죽음보다 강하니까."

차가운 전율이 몸을 뚫고 지나가 버지니아는 몸을 떨었다. 그리고 잠시 침묵이 흘렀다. 그녀는 이것이 끔찍한 악몽처럼 느껴졌다.

잠시 후 유령이 다시 입을 열었고, 그 목소리는 바람의 한숨 같았다.

"서재 창문에 적힌 옛 예언을 읽었니?"

"네, 여러 번이요." 버지니아가 고개를 들고 말했다. "그래서 잘 알아요. 신기한 검은 글씨로 새겨졌고, 읽기가 힘들어요. 전부 여섯 줄뿐이죠.

황금의 소녀가 죄악의 입술에서
기도를 끌어낼 수 있을 때,
마른 아몬드나무가 열매를 맺고
어린 아이가 눈물을 흘릴 때,
그때 비로소 온 집이 고요해지고
캔터빌에 평화가 찾아오리라.

하지만 무슨 의미인지는 몰라요."

"그건 말이다." 그가 서글프게 말했다. "네가 내 죄를 대신 울어 줘야 한다는 뜻이야. 나는 눈물이 없으니까. 그리고 네가 내 영혼을 위해 기도해 줘야 해, 나는 믿음이 없으니까. 네가 언제나 다정하고 착하고 상냥했다면 죽음의 천사가 내게 자비를 베풀어 줄 거야. 어둠 속에 무서운 형체가 보이고 사악한 목소리가 들리겠지만, 아무도 너를 해치지는 못해. 지옥의 힘도 어린아이의 순수함을 해치지는 못하거든."

버지니아는 대답이 없었고, 유령은 리본을 맨 그녀의 금빛 머리를 내려다보면서 절망 속에 손을 비틀었다. 버지니아가 창백한 얼굴로 벌떡 일어섰다. 그러고는 두 눈에 이상한 빛을 띠고 확고하게 말했다. "겁나지 않아요. 죽음의 천사에게 당신에게 자비를 베풀어 달라고 부탁하겠어요."

유령은 희미한 기쁨의 외침을 지르며 자리에서 일어나 버지니아의 손을 잡고 구식 예법으로 허리를 굽혀 그 손에 입을 맞추었다. 그의 손은 얼음처럼 차고 그 입술은 불처럼 뜨거웠지만, 버지니아는 흔들리지 않고 그에게 손을 잡힌 채 어두운 방 한쪽으로 갔다. 빛바랜 녹색 태피스트리에는 사냥꾼들이 조그맣게 자수되어 있었다. 사냥꾼들은 술 달린 뿔 나팔을 불고 작은 손을 흔들며 그녀에게 돌아가라고 소리쳤다. "돌아가! 버지니아. 돌아가!" 하지만 유령은 버지니아의 손을 더욱 꽉 잡았고, 그녀는 눈을 질끈 감았다. 벽난로 선반에 조각된 도마뱀 꼬리와 퉁방울눈의 괴물들이 그녀에게 눈을 깜박거리며 나직하게 말했다. "조심해! 버지니아, 조심해! 이제 우리는 두 번 다시 못 볼지도 몰라." 하지만 유령은 더욱 빨라졌고 버지니아는 그들의 말을 듣지 않았다. 방 끝에 이르자 유령이 멈추어 서서 알아들을 수 없는 말을 읊조렸다. 그녀가 눈을 뜨자 벽이 안개처럼 천천히 흩어지면서 눈앞에 크고 검은 동굴이 나타났다. 얼음 같은 바람이 둘을 감쌌고, 무언가 그녀의 드레스를 잡아당겼다. "빨리 하자." 유령이 소리쳤다. "안 그러면 늦어." 그리고 다음 순간 징두리널이 닫히면서 태피스트리 방에는 아무도 남지 않았다.


# VI

10분 뒤에 다과를 알리는 종소리가 울렸고, 버지니아가 내려오지 않자 오티스 부인이 시종을 올려 보냈다. 시종은 잠시 후에 돌아와서 버지니아 아가씨가 아무 데도 보이지 않는다고 했다. 버지니아는 저녁이면 항상 정원에 나가 정찬 식탁에 꽃을 꽂을 땄기 때문에 오티스 부인은 처음에는 별로 놀라지 않았다. 하지만 6시가 돼도 딸이 돌아오지 않자 아들들에게 나가서 누이를 찾으라 하고는, 남편과 함께 집 안의 방을 샅샅이 뒤졌다. 6시 반에 아들들이 돌아와 아무 데도 버지니아의 흔적이 없다고 말했다. 식구들은 엄청난 근심에 휩싸였고 무슨 일을 해야 할지 몰랐다.

그러다 오티스 씨는 며칠 전에 집시 무리에게 영지 내 야영을 허락해 준 일이 떠올랐다. 그래서 즉시 집시들이 자리 잡은 블랙펠할로로 큰아들과 농장 하인 두 명을 데리고 떠났다. 걱정으로 정신이 나간 어린 체서 공작도 같이 가겠다고 떼를 썼지만, 오티스 씨는 혹시 딸을 찾는 과정에서 난투라도 벌어질까 봐 허락하지 않았다. 블랙펠 할로에 도착해 보니 집시들은 떠나고 없었다. 그들은 갑자기 떠난 것 같았다. 모닥불이 아직 타고 있었고 풀밭에 접시들이 뒹굴고 있었기 때문이다. 그는 워싱턴과 두 하인에게 일대를 수색하라고 하고는 집으로 달려와서 주 내 모든 경감에게 떠돌이나 집시에게 납치된 소녀를 찾아 달라는 전보를 보냈다. 그런 뒤 말을 대령시키고, 아내와 세 소년에게 식사를 하라고 명령한 뒤 마부와 함께 애스콧 가를 달렸다. 2마일 정도 갔을 때 뒤에서 말발굽 소리가 들려 돌아보니 공작이 상기된 얼굴에 모자도 쓰지 않고서 조랑말을 타고 달려오고 있었다. "죄송해요, 오티스 경." 소년 공작이 소리쳤다. "하지만 버지니아가 없으니 저녁을 먹을 수가 없어요. 제발 화내지 마세요. 작년에 약혼을 허락해 주셨으면 이런 문제는 없었을 거예요. 저를 돌려보내지 않으실 거죠? 저는 돌아갈 수 없어요! 돌아가지 않을 거예요!"

공사는 이 잘생긴 철부지를 보고 미소 짓지 않을 수 없었다. 버지니아에 대한 그의 헌신이 기특해서 몸을 굽혀 어깨를 토닥여 주며 말했다. "그래, 세실. 데리고 가주지. 하지만 먼저 애스콧에서 모자를 사야겠다."

"모자 따위가 무슨 상관이에요! 중요한 건 버지니아라고요!" 어린 공작이 웃으며 소리쳤고 그들은 기차역으로 질주했다. 오티스 씨는 거기서 역장에게 버지니아의 인상착의를 설명하고 승강장에서 그런 사람을 보았느냐고 물었지만 성과는 없었다. 하지만 역장은 사방으로 전보를 친 뒤 잘 살펴보겠노라고 약속했고, 오티스 씨는 막 덧문을 내리는 리넨 상점에 들어가 공작의 모자를 산 뒤 4마일 떨어진 벡슬리로 달려갔다. 그곳은 큰 광장이 인접해서 집시들이 자주 온다고 들었기 때문이다. 거기서 경찰관을 찾았지만 아무런 정보도 얻지 못했고 광장을 샅샅이 누빈 뒤 말머리를 집으로 돌렸다. 11시 무렵 캔터빌 체이스에 도착했을 때 그의 몸은 죽을 듯이 피곤했으며 상심은 이루 말할 수 없었다. 워싱턴과 쌍둥이가 랜턴을 들고 수위실에 나와 기다리고 있었다. 집시들은 브로클리 초원에서 잡혔지만 버지니아는 없었고, 그들이 서두른 이유는 초턴 장날을 착각해서 거기 늦을까 봐 그랬던 것이라고 했다. 그들은 오티스 씨가 야영을 허락해 준 걸 깊이 감사했기에 버지니아의 실종 소식에 크게 안타까워했으며, 그들 중 네 명이 함께 남아 수색에 힘을 보탰다. 잉어 연못의 물까지 빼며 온 체이스를 샅샅이 뒤졌지만 아무 소득이 없었다. 그날 밤은 딸을 찾을 수 없는 게 분명했다. 오티스 씨와 소년들은 깊은 우울에 잠겨 집으로 걸어왔고, 마부는 말 두 마리와 조랑말을 이끌고 따라왔다. 현관홀에는 걱정하는 하인들이 모여 있었고, 서재 소파에는 혼이 빠진 오티스 부인이 누워 있었다. 부인의 이마에는 가정부가 뿌려 준 오드콜로뉴가 덮여 있었다. 오티스 씨는 부인에게 저녁 식사를 준비시켰다. 식사는 우울했고 말을 하는 사람은 거의 없었으며 누나를 사랑하는 쌍둥이들도 조용했다. 식사가 끝나자 오티스 씨는 어린 공작의 부탁에도 불구하고 오늘 밤은 더 할 일이 없으니 모두 가서 자라고 명령했다. 다음 날 런던 경찰청에 전보를 쳐서 형사를 보내 달라고 하겠다면서. 사람들이 식당 밖으로 나서자 시계탑에서 둔중하게 자정을 알리는 소리가 울렸다. 마지막 종소리와 함께 어디선가 우당탕 와지끈 소리가 나더니 날카로운 비명이 뒤를 이었다. 무시무시한 천둥소리가 집을 흔들고 이 세상 것이 아닌 듯한 음악이 공중을 떠돌았으며, 계단 위쪽에서 나무 널 하나가 요란하게 튀어 오르더니, 계단 꼭대기에서 하얗게 질린 얼굴의 버지니아가 작은 궤짝을 들고 걸어 나왔다. 사람들은 모두 그녀에게 달려갔다. 오티스 부인은 딸을 격렬하게 끌어안았고, 공작은 그녀에게 키스를 퍼부었으며, 쌍둥이는 그들을 둘러싸고 떠들썩한 전쟁 춤을 추었다.

"이게 무슨! 애야, 도대체 어디 갔던 거니?" 오티스 씨는 딸이 심한 장난을 쳤다고 생각하고 약간 화가 나서 말했다. "세실과 내가 너를 찾아 온 사방을 뒤졌고, 네 어머니는 탈진할 지경이야. 다시 이런 장난을 치면 못쓴다."

"장난은 유령한테! 장난은 유령한테!" 쌍둥이들이 소리치며 경중경중 뛰었다.

"돌아와서 천만다행이다. 다시는 내 곁을 떠나면 안 돼." 오티스 부인이 부들부들 떠는 딸에게 입을 맞추며 딸의 흐트러진 금빛 머리를 매만졌다.

"아버지." 버지니아가 조용히 말했다. "저는 유령하고 같이 있었어요. 유령은 죽었어요. 아버지도 가서 보세요. 그분은 참 사악하게 굴었지만, 그런 일을 한 걸 진심으로 후회했어요. 그리고 죽기 전에 저한테 이 아름다운 보석 상자를 주었어요."

온 가족이 어안이 벙벙해서 버지니아를 보았지만 그녀는 더없이 심각하고 진지했다. 그녀는 뒤로 돌아서서 징두리널에 난 구멍으로 식구들을 데리고 들어가서 좁다란 비밀 복도를 걸어갔다. 워싱턴이 탁자에 놓인 촛불을 들고 따랐다. 마침내 녹슨 못이 총총 박힌 커다란 참나무 문 앞에 이르렀다. 버지니아가 손을 대자 문의 무거운 경첩이 돌아갔고, 둥글고 낮은 천장에 창문에는 살이 쳐진 작은 방이 나타났다. 벽에는 사슬이 달린 커다란 쇠고리가 박혀 있었고, 그 사슬에 묶인 해골이 돌바닥에 뻗어 있었다. 해골은 그 길고 뼈뿐인 손가락으로 바로 앞에 있는 구식 나무 접시와 물병을 잡으려 하는 것 같았다. 물병은 한때 물이 가득했던 게 분명했다. 안에 녹색 곰팡이가 가득했기 때문이다. 나무 접시는 먼지 덩어리로 가득했다. 버지니아는 해골 옆에 무릎으로 앉아서 작은 두 손을 잡고 조용히 기도를 했고, 식구들은 방금 알게 된 참담한 비극에 놀라서 멍하니 그 모습을 바라보았다.

"우아!" 창밖을 내다보며 그 방이 집의 어느 쪽에 위치해 있나 알아보던 쌍둥이 한 명이 소리쳤다. "우아! 죽은 아몬드나무에 꽃이 피었어요. 달빛에 똑똑히 보여요."

"하느님이 이분을 용서했어요." 버지니아가 무겁게 말하면서 일어섰다. 아름다운 빛이 그녀의 얼굴을 비추는 것 같았다.

"버지니아, 당신은 정말 천사예요!" 어린 공작이 소리치더니 그녀의 목을 감싸 안고 입을 맞추었다.


VII

이런 신기한 사건이 있고 나흘이 지난 밤 11시 무렵, 캔터빌 체이스에서 장례식이 열렸다. 머리에 타조 깃털을 풍성하게 꽂은 여덟 마리 검은 말이 영구차를 끌었고, 납으로 만든 관은 캔터빌 가의 금색 문장이 수놓아진 진자줏빛 휘장으로 덮여 있었다. 하인들이 횃불을 들고 영구차와 마차들 옆을 걷고 있는 행렬은 놀라울 만큼 웅장했다. 장례식을 위해 일부러 웨일스에서 와서 상주 역할을 맡은 캔터빌 경은, 버지니아와 함께 선두 마차에 앉았다. 그 뒤에는 미합중국 공사 부부가, 그다음에는 워싱턴과 세 소년이, 마지막 마차에는 엄니 부인이 탔다. 엄니 부인은 50년 넘게 유령에게 시달리면서 산 터라 그의 마지막 모습을 볼 권리가 있었다. 교회 묘지 구석 늙은 주목나무 아래쪽에 깊은 무덤 자리가 파여 있었고, 예배는 오거스터스 댐피어 목사의 집전 아래 엄숙하게 진행되었다. 장례식이 끝나자 하인들은 캔터빌 가의 오랜 관습에 따라 횃불을 껐고, 관이 무덤 속으로 내려갈 때 버지니아가 앞으로 나가 흰색과 분홍색 아몬드 꽃으로 만든 커다란 십자가를 관 위에 놓았다. 그때 달이 구름 밖으로 나와서 작은 교회 묘지에 침묵의 은빛을 퍼부었고, 먼 언덕에서 나이팅게일이 노래를 했다. 유령이 말한 죽음의 정원을 생각하니 버지니아는 눈물로 앞이 뿌예졌고, 침묵에 잠겨서 집으로 돌아왔다.

다음 날 아침 캔터빌 경이 런던으로 떠나기 전, 오티스 씨는 그를 만나 버지니아가 유령에게 받은 보석 이야기를 꺼냈다. 그건 몹시 훌륭한 보석이었다. 특히 옛 베네치아식 상감이 박힌 루비 목걸이는 16세기 보석 세공의 뛰어난 견본이었고, 그 값어치가 너무 커서 오티스 씨는 딸에게 그것을 허락하는 일이 편치 않았다.

"캔터빌 경." 그가 말했다. "이 나라에서는 땅뿐 아니라 장신구도 양도 불가능 재산에 포함될 수 있다고 알고 있고, 이 보석은 아무리 봐도 캔터빌 가의 가보가 분명합니다. 따라서 경께서 이것을 런던으로 가져가서 기이한 방식으로 되찾은 재산의 일부로 여기시기 바랍니다. 내 딸은 아직 어린아이입니다. 그리고 다행히 이런 사치품에 별 관심이 없습니다. 게다가 소녀 시절 보스턴에서 몇 차례의 겨울을 보낸 덕에 예술에 나름대로 일가견을 갖춘 아내에게서 이 보석들의 금전적 가치가 엄청나고 시장에 내놓으면 큰 가격을 부를 수 있다고 들었습니다. 이런 상황에서 제가 이것을 우리 식구의 소유로 삼는 것은 불가능하다는 것을 캔터빌 경은 알아주시리라 믿습니다. 그리고 이런 호사스런 물품과 장난감은 영국 귀족 사회의 위엄에는 적절하고도 필요한 것이라 해도 소박한 공화주의의 엄격하고도 영원한 원칙 아래 자란 사람들에게는 전혀 어울리지 않는 것입니다. 버지니아는 캔터빌 경의 불행하고 오도되었던 선조 어른의 기념품으로 이 상자만은 간직하고 싶어 합니다. 매우 오래되어 크게 훼손된 그 상자 정도는 아이가 가져도 되겠다고 생각하실지 모르겠지만, 저로서는 아이가 어떤 형태건 중세적인 것에 연민을 보였다는 것 자체가 상당히 놀랍습니다. 아무래도 집사람이 아테네 여행에서 돌아온 직후 런던 교외에서 그 아이를 낳은 탓이 아닐까 싶습니다."

캔터빌 경은 덕망 높은 공사의 말을 진지하게 들으며 이따금 반백의 콧수염을 끌어당겨 자기도 모르게 떠오르는 미소를 감추었고, 오티스 씨가 말을 마치자 진심을 담아 악수를 하며 말했다. "오티스 공사, 공사의 사랑스러운 따님은 제 불운한 조상 사이번 경에게 큰일을 해주었고, 저와 가족은 따님의 용기에 헤아릴 수 없이 큰 빚을 졌습니다. 보석은 분명 따님의 것이고, 제가 매정하게 그것을 뺏는다면 그 사악한 조상님이 보름 후에 무덤에서 벌떡 일어나 저를 생지옥에 빠뜨릴 것입니다. 가보가 아니냐고 하셨는데, 그건 유언이나 법률 문서에 언급되지 않았고, 그런 보석이 있다는 사실조차 몰랐습니다. 이 물건에 대한 제 소유권은 공사 댁의 집사보다 더 클 게 없고, 버지니아 양이 성장하면 그 아름다운 장신구를 가진 것을 기뻐하리라 생각합니다. 게다가 잊으신 모양인데 공사께서는 이 집을 계약할 때 가구와 유령까지 포함해서 값을 치렀기 때문에, 유령에게 속한 것은 무엇이든 공사의 것입니다. 사이먼 경이 밤에 복도에서 무슨 행동을 했건 그분은 법적으로 죽은 사람이었고, 공사는 이 집을 구매할 때 그의 재산도 취득한 것입니다."

오티스 씨는 캔터빌 경의 거절에 낙심해서 제발 재고해 달라고 부탁했지만, 선량한 캔터빌 경은 완강하게 버텼고 공사는 마침내 딸에게 유령의 선물을 허락했다. 1890년 봄 버지니아가 결혼하여 체서 공작 부인이 되어 왕비의 제1거실에 나갔을 때, 그 보석은 참석한 모든 이들에게 찬사를 받았다. 아내와 남편 모두 사랑스러운 데다 서로를 깊이 사랑해서 모두가 그 혼사를 기뻐했다. 단 일곱 딸 중 한 명을 공작에게 시집보내고 싶어 세 차례나 값비싼 정찬 파티를 열었던 덤블턴 후작 부인과, 이렇게 말하기 이상하지만 오티스 씨만은 예외였다. 오티스 씨는 젊은 공작을 아주 좋아했지만, '쾌락적 귀족 사회의 영향으로 소박한 공화주의 원칙이 잊힐까 봐' 딸의 귀족과의 결혼을 반대한 것이다. 하지만 그의 반대는 소용없었고, 그가 딸에게 팔을 잡혀 하노버 스퀘어의 세인트 조지 교회 통로를 걸어갈 때 잉글랜드 전체에서 그보다 더 긍지에 찬 남자는 없었다.

공작 부부는 신혼여행을 마치고 캔터빌 체이스로 왔고, 다음 날 오후 솔숲 옆의 외로운 교회 묘지로 갔다. 처음에는 사이먼 경의 비문으로 무슨 말을 새길지 논란이 많았지만, 결국 죽은 신사의 이름 머리글자와 서재 창문의 시구가 새겨졌다. 젊은 공작 부인은 그의 무덤에 아름다운 장미를 뿌렸다. 그들은 한동안 그 앞에 서 있다가 옛 수도원의 허물어진 성상 안치소로 들어갔다. 공작 부인은 무너진 기둥에 앉았고, 남편은 아내의 발치에 앉아 담배를 피워 문 채 그녀의 아름다운 눈을 올려다보았다. 그러다가 그는 갑자기 담배를 던지고 그녀의 손을 잡으며 말했다. "버지니아, 아내는 남편에게 비밀이 있으면 안 돼요."

"세실! 저는 당신한테 비밀이 없어요."

"아니, 있어요." 그가 미소 짓고 말했다. "유령과 둘이 있을 때 무슨 일이 있었는지 말하지 않았잖아요."

"그건 아무에게도 말하지 않았어요, 세실." 버지니아가 심각하게 말했다.

"알아요. 하지만 나한테는 말할 수 있어요."

"묻지 말아 줘요, 세실. 말할 수 없어요. 가련한 사이먼 경! 나는 그분께 많은 빚을 졌어요. 웃지 말아요, 세실. 정말이에요. 그분은 내게 삶이 무엇인지 죽음이 무엇을 의미하는지, 왜 사랑이 그 둘보다 강한지 알게 해주었어요."

공작은 일어서서 아내에게 사랑을 담은 키스를 했다.

"당신의 마음이 내게 있는 한 언제까지라도 비밀을 간직하도록 허락할게요." 그가 나직하게 말했다.

"내 마음은 언제나 당신에게 있어요, 세실."

"언젠가 우리 아이들한테는 말해 줄 거죠?"

버지니아는 얼굴을 붉혔다.

# 오스카 와일드
### Oscar Wilde

　오스카 와일드는 1854년 10월 16일 더블린의 부유한 가정에서 태어났다. 아버지 윌리엄 경은 유명한 안과 의사였고, 어머니는 가명으로 글과 시를 발표하는 작가였다.

　훌륭한 학업(더블린 트리니티 대학에서 공부한 후에 1874년부터 옥스퍼드 모들린 대학에서 공부했다)을 마친 와일드는 뛰어난 정신과 주목을 끄는 재능 덕분에 문학계에서 쉽게 두각을 나타낼 수 있었다. 또한 탐미주의를 신봉하고 유창한 달변을 구사하여 단시간에 유명인이 되었다.

　1881년 《시집》을 발간했는데, 여기엔 키츠, 스윈번, 테니슨 같은 그가 좋아하는 시인들의 영향이 분명히 나타나 있다. 미국에서 1년간 머물며 예술에 대한 순회강연을 한 후에 파리를 방문했고(1883), 그곳에서 프랑스 문화의 가장 중요한 대표자들과 접촉했다.

다음 해 콘스탄스 로이드와 결혼해서 두 자녀 시릴과 비비언을 얻었다. 동화집 《행복한 왕자》는 그 두 아이를 위해 쓰여졌을 것이다. 얼마 후 결혼 생활은 끝났다. 1891년은 와일드의 문학적 재능이 가장 풍요롭고 창조적으로 꽃피기 시작한 시기이다. '사악하고 퇴폐적인 작품'이라고 비평계로부터 신랄한 공격을 받았던 최고의 걸작 《도리언 그레이의 초상》, 단편집 《아서 새빌 경의 범죄》와 《석류나무 집》, 에세이집 《사회주의 하의 인간 정신》이 발표되었다. 그사이 뉴욕에서 그의 희곡 《파두아 공작 부인》이 무대에 올려졌다.

와일드는 다시 희곡 《윈더미어 부인의 부채》, 《보잘것없는 여인》을 썼고, 1895년 《이상적인 남편》과 《진지함의 중요성》을 썼다. 거의 모든 희곡 작품들이 영국에서 큰 성공을 거두었지만 《살로메》만은 예외였다. 그 작품은 배우 사라 베르나르를 위해 집필된 것인데 영국에서 상연 금지를 당했다.

하층 생활과 배타적인 서클을 오가며 보낸 모순된 생활은 그의 문학적 성공을 어둡게 했다. 와일드 스스로도 앙드레 지드에게 생활에 천재성을 모두 쏟아 붓고 작품들에는 재능만 쏟아 부었다고 고백했다. 1891년 와일드는 앨프리드 더글러스 경을 만나 그와 함께 외국을 여행하며 도덕적으로 상당히 논란을 일으킨 문란한 생활을 했다. 4년 후 더글러스의 아버지 퀸즈베리 후작은 와일드로부터 명예훼손죄로 고소당해 법정에 서게 되자 와일드의 동성연애를 밝혔고, 와일드는 미성년을 타락시켰다는 죄로 2년간 강제 노동형에 처해졌다. 감옥에서 와일드는 친구에게 장문의 편지를 썼다. 그 글에서 와일드는 친구가 그를 이용하고 표절했으며 작업을 못하게 방해했다고 비난했다. 그 편지는 1905년 《옥중기》라는 제목으로 부분 발표되었고, 1962년에 《서간집》으로 편지 전체가 발간되었다. 형을 마쳤을 때 작가는 가련한 신세가 되어 있었고, 더글러스와의 관계를 다시 시작했다. 더글러스는 와일드에게 완벽함의 구현체였으며 영감을 준 인물이었다. 그들 관계는 도리언 그레이와 화가 배질 홀워드의 관계를 연상시킨다. 와일드는 생애 마지막 시기를 이탈리아와 파리에서 보냈다. 창작 에너지조차 고갈된 그는 몇 남지 않은 친구들의 온정으로 근근이 살아갔다. 그는 생애 마지막 시기 《레딩 감옥의 노래》만을 발간할 수 있었다.

무일푼이 되어 외로이 1900년 11월 30일 파리에서 뇌막염으로 사망했다.

## • 주요작

### 소설

| | |
|---|---|
| 1888년 | 《행복한 왕자The Happy Prince and Other Stories》 |
| 1891년 | 《아서 새빌 경의 범죄Lord Arthur Savile's Crime and Other Stories》 |
| | 《석류나무 집The House of Pomegranates》 |
| | 《도리언 그레이의 초상The Picture of Dorian Gray》 |

### 시

| | |
|---|---|
| 1881년 | 《시집Poems》 |
| 1894년 | 《스핑크스The Sphinx》 |
| | 《산문시집Poems in Prose》 |
| 1898년 | 《레딩 감옥의 노래The Ballad of the Reading Gaol》 |

### 에세이

| | |
|---|---|
| 1891년 | 《의향Intentions》 |
| | 《사회주의 하의 인간 정신The Soul of Man under Socialism》 |
| 1905년 | 《옥중기De Profundis》(사후 출간) |

### 희곡

| | |
|---|---|
| 1891년 | 《파두아 공작 부인The Duchess of Padua》 |
| 1892년 | 《윈더미어 부인의 부채Lady Windermere's Fan》 |
| | 《살로메Salome》 |
| 1893년 | 《보잘것없는 여인A Woman of No Importance》 |
| 1895년 | 《이상적인 남편An Ideal Husband》 |
| | 《진지함의 중요성The Importance of Being Earnest》 |

**옮긴이 고정아**

연세대학교 영문과를 졸업하고 현재 집필 및 번역가로 활동 중이다. 옮긴 책으로 《전망 좋은 방》, 《하워즈 엔드》, 《순수의 시대》, 《내 무덤에서 춤을 추어라》, 《노맨스 랜드》, 《니웅가의 노래》 등이 있다.

**옮긴이 이승수**(해제, 작가 소개)

한국외국어대학교 이탈리아어학과를 졸업하고 동 대학원에서 비교문학 박사 학위를 받았다. 옮긴 책으로 《순수한 삶》, 《신부님 우리들의 신부님》, 《그날 밤의 거짓말》, 《그림자 박물관》, 《달나라에 사는 여인》, 《넌 동물이야, 비스코비츠!》 등이 있다.

# 아서 새빌 경의 범죄

초판 1쇄 발행 | 2011년 5월 25일

지 은 이    오스카 와일드
옮 긴 이    고정아
디 자 인    최선영 · 장혜림

펴 낸 곳    바다출판사
발 행 인    김인호
주     소    서울시 마포구 서교동 398-1 창평빌딩 3층
전     화    322-3885(편집), 322-3575(마케팅부)
팩     스    322-3858
E-mail    badabooks@gmail.com
홈페이지    www.badabooks.co.kr
출판등록일  1996년 5월 8일
등록번호    제 10-1288호

ISBN  978-89-5561-589-0  04840
        978-89-5561-565-4  04800(세트)